세계 교과서 동화
독일

옮긴이 **정경미** / 그린이 **김인화** 외

(주)학은미디어

라인 강의 기적을 이른 사람들

독일은 영국, 프랑스와 함께 유럽에서 중심적 역할을 하는 나라예요. 인터넷에서도 영어 다음으로 독일어가 가장 많이 쓰인답니다.

독일은 두 번의 세계 대전을 일으킨 나라로서 국제 사회에서 명예를 잃고 경제적인 어려움을 겪기도 했어요. 하지만 근면 성실한 국민성을 바탕으로 이른바 '라인 강의 기적'을 이루며 세계적인 강국으로 우뚝 섰지요. 또한 우리 나라처럼 둘로 나누어졌던 나라였으나 끈질긴 노력 끝에 통일을 이루어 냈답니다.

독일은 예부터 학문과 예술의 나라로 알려져 있어요. 바흐, 베토벤, 바그너, 슈만, 멘델스존, 브람스 같은 음악가, 괴테, 릴케, 토마스 만 같은 문학가, 니체, 쇼펜하우어 같은 철학가 등을 낳은 나라이지요.

뿐만 아니라 자동차, 기계, 화학 등 과학 기술도 매우 뛰어나요. 벤츠, 폴크스바겐, 포르셰, BMW 등의 자동차는 독일 차들이지요.

독일 사람들은 스포츠도 좋아해요. 특히 축구를 좋아해서 정식 축구 클럽에 가입한 사람만도 540만 명에 이른대요.

제가 독일에 와서 가장 부러웠던 것은 독일 사람들이 참 성실하고 가정적이라는 점이었어요. 대부분의 직장인들이 오후 4시가 조금 넘으면 퇴근을 하고, 특별한 일이 아니면 집에서 가족과 함께 시간을 보내는 모습이었지요. 이 점은 우리 나라 사람들도 많이 닮았으면 좋겠어요.

독일에서는 동화를 메르헨이라고 해요. 여러분이 잘 아는 〈브레멘의 음악대〉〈하멜른의 피리 부는 사나이〉〈빨간 모자〉 등은 모두 유명한 메르헨들이지요. 이런 유명한 동화들은 건물의 벽이나 문에 그림으로 그려져 있어요. 그야말로 동화의 나라이지요. 자, 동화의 나라 독일로 즐거운 여행을 떠나 보세요!

독일 프랑크푸르트에서
정경미

독일 (Germany)

중부 유럽에 자리잡은 독일은 게르만족이 세운 나라로 장난감처럼
예쁜 도시, 아름다운 호수, 울창한 숲 등 경치가 빼어나고, 예술과
학문이 매우 발달했다. 제2차 세계 대전에 패한 후 동독과 서독으
로 나뉘었으나, 1990년에 역사적인 통일을 이루어 16개 주로 이루
어진 연방 국가가 되었다. 유럽 연합(EU : European Union)의 중
심적 역할을 하고 있는 나라 가운데 하나이다.
독일어로는 도이칠란트(Deutchland)라고 한다.

GERMANY

- 정식 명칭 : 독일 연방 공화국
  (Federal Republic of Germany)
- 위치 : 유럽 중부
- 면적 : 35만 7021㎢
- 인구 : 8,222만 명(2000년)
- 인구 밀도 : 230명/㎢(2000년)
- 수도 : 베를린
- 정체 : 공화제
- 공용어 : 독일어
- 통화 : 유로(EURO)
- 나라꽃 : 센토레아

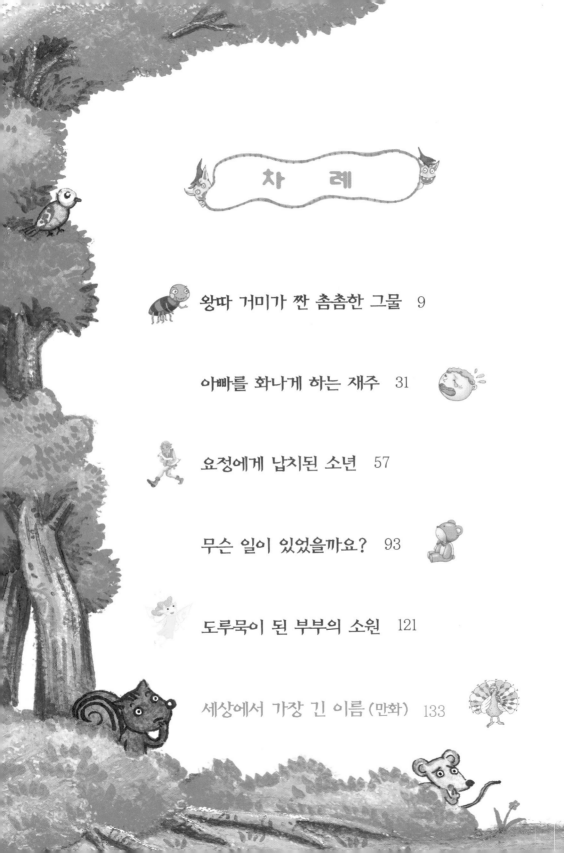

차 례

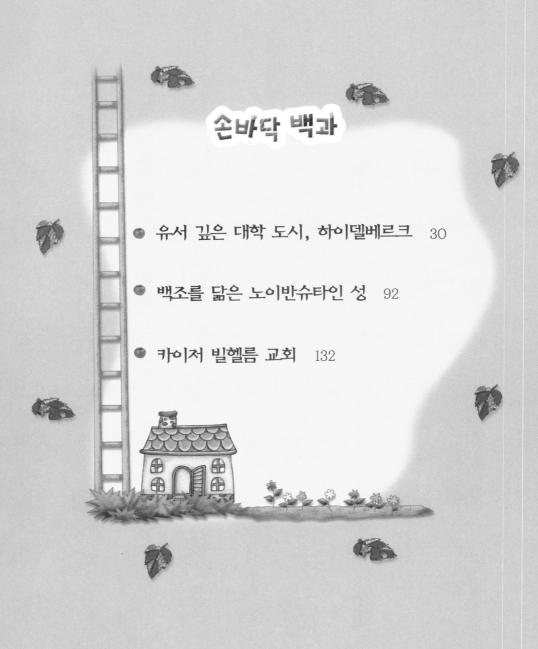

손바닥 백과

왕따 거미가 짠 촘촘한 그물

어느 낡은 집 처마 아래 한 무리의 거미들이 모여 살고 있었습니다. 덩치가 큰 거미도 있고, 나이가 많은 거미도 있고, 잘생긴 거미도 있었습니다.

그 가운데 아주 작은 거미가 있었는데, 다른 거미들에게 왕따를 당하고 있었습니다. 다른 거미들이 무시하는 이유는, 왕따 거미가 너무나 볼품 없이 작았기 때문입니다. 얼핏 보면 눈에 잘 띄지도 않을 정도였으니까요!

"흥! 저렇게 작은 것도 거미야?"

"글쎄 말야. 어물전 망신 꼴뚜기가 시킨다더니, 거미 망신 다 시키고 있어!"

거미들은 왕따 거미를 볼 때마다 한 마디씩 조롱하곤 했습니다.

그런데 왕따 거미는 놀라운 재주를 하나 갖고 있었습니다. 그것은 세상에서 제일 촘촘한 그물을 짤 수 있다는 것이었습니다. 다른 거미들보다 몇 배나 더 정성을 들여 짜야 했지만, 그 그물은 정말 훌륭했습니다. 친구들이 자기를 상대해 주지 않으니, 왕따 거미는 놀 생각도 하지 않고 부지런히 그물만 짰습니다.

다른 거미들은 왕따 거미가 그물을 짜는 것을 볼 때마다 비웃었지만, 자기들은 왕따 거미만큼 좋은 그물을 짤 수 없다는 것을 인정해야만 했습니다.

어물전 : 생선이나 말린 생선 등을 파는 가게.

세계 교과서 동화

10

왕따 거미는 이런 일에는 신경쓰지 않고, 실을
자아 내면서 노래를 불렀습니다.

키도 작고 가슴도 작고

발도 작은 꼬맹이 거미야,

실을 뽑아 쪼끄만 베틀을 돌리렴.

촘촘한 그물을 짜는 일만 생각하자꾸나,

바람도 못 빠져 나가게.

하루는 거미들 세계에서 토론이 벌어졌습니다.
우두머리 거미 앞으로 몰려온 거미들은 모두 요란
하게 자기의 주장을 펼치기 시작했습니다.

"정말 이게 뭡니까? 우리 거미들은 그물만 짜다
죽어야 합니까?"

"정말 분통이 터집니다. 공들여 짠 그물이 하루

도 채 가지 않다니!"

모두들 화난 표정으로 고개를 끄덕였습니다.

"파리를 잡아야만 굶어 죽지 않으니까 그물이 필요하긴 하지. 그런데 그물을 왜 그렇게 자주 짜야 하지?"

모두들 시무룩해졌습니다. 거미들은 느긋하게 놀며 지내고 싶은 생각이 굴뚝 같았습니다.

"평생 그물을 한 번만 짜도 된다면 얼마나 좋을까?"

"한 달에 한 번만 짜도 더 바랄 게 없겠어."

"우리가 아침에 그물을 짜면 무슨 소용이야? 모기 녀석 하나 걸리기 전에 바람만 살짝 불어도 그물이 찢어지는걸! 그럼 또다시 짜야 하잖아."

"안 그러면 두 발 달린 짐승들이 우리 그물 사이로 지나가면서 찢어 놓거나…. 또, 청소할 때마다 거미줄이 망가지잖아."

"아무튼 문제는 우리가 짜는 거미줄이 튼튼하지 않다는 데 있어."

거미들은 또 모두들 고개를 끄덕였습니다.

"그럼 튼튼한 거미줄을 어떻게 짠담? 우리는 우리 몸에서 나오는 실로 그물을 짤 수밖에 없는데……."

그 때 나이 든 거미가 큰 소리로 말했습니다.

"좋은 생각이 났다. 꼭 우리 실로만 그물을 짜라는 법이 어디 있어? 사람들이 쓰는 바느질실이나 털실로 짜면 되잖아? 사람들을 좀 봐. 한번 털옷을 짜면 겨우내 입고 다니고, 이듬해에도 입을 수 있잖아."

"맞아, 맞아! 털실 앞에서는 바람도 꼼짝 못 해!"

"새가 그물에 걸려도 감히 그물을 찢고 도망치지 못할 거야!"

거미들은 좋아서 힘껏 박수를 쳐 댔습니다.

"와, 신난다! 그럼 이제 난 날마다 음악이나 듣고 놀아도 되겠다."

이 소식을 전해 들은 거미 나라 친구들이 모두 몰려왔습니다.

"그럼 털실을 어디서 구하지?"

"그건 각자 두 발 달린 짐승들의 집에 숨어 들어가서 구해 오도록 하자."

"그래, 알았어!"

거미들은 각자 자기 집으로 흩어져 돌아갔습니다. 이젠 열심히 일하지 않아도 된다고 생각하니까, 모두들 너무나 신바람이 났습니다. 룰루 랄라

콧노래를 흥얼거리는 거미, 다리를 번쩍 올리며 춤
을 추는 거미들도 있었습니다.

　　그러나 왕따 거미는 달랐습니다. 처음부터 모임
에 끼워 주지도 않았기 때문에 그저 자기 그물만
손질하고 있었습니다.

　　다른 거미들은 왕따 거미에게 털실을 구하기로
했다는 말조차 전해 주지 않았습니다. 그래서 쪼그
만 왕따 거미는 작은 소리로 노래하며
그물을 짰습니다.

꼬맹이 거미야, 실을 뽑아라.

더욱 길고 더욱 가늘게

바람도 빠져 나가지 못하도록

내가 얼마나 촘촘히

잘 짜는지 보려무나.

드디어 거미 나라의 많은 거미들이 밤에 사람들이 사는 집에 숨어 들어갔습니다. 그리고 털실 뭉치를 이고 지고 나왔습니다. 끝없는 거미들의 털실 도둑질이 이어졌습니다. 인제 사람들은 털실로 옷을 만들 수 없을 정도였습니다.

"아, 이제 나는 충분해! 이 털실로 멋지고 훌륭한 그물을 짜기만 하면 돼!"

털실 도둑들은 설레는 가슴을 누를 길이 없었습니다.

다음 날 아침, 거미들은 새 그물을 짜느라고 온통 소란스러웠습니다. 숲 속에서, 뜰에서, 풀밭에서 도둑질해 온 털실로 그물을 짜기 시작했습니다.

거미들은 쪼끄만 왕따 거미가 부지런히 자기 실로 그물을 짜는 것을 보며 놀렸습니다.

"세상에 둘도 없는 바보 거미야, 이제 그 가는 실로 짜는 짓 좀 그만 해라. 그 그물은 몇 초 후면 또 망가질 게 뻔하잖아? 쓸데없는 짓 하지 말고, 내가 이 털실을 좀 나눠 주마. 이것으로 그물을 짜면 올 겨울에 다시 일하지 않아도 편히 살 수 있어."

그러나 왕따 거미는 머리를 흔들었습니다.

"아니에요. 저는 제 그물을 짜겠어요."

"그럼 그렇지! 그러니까 바보지! 너에게 권한 나도 하마터면 바보가 될 뻔했다. 으하하!"

왕따 거미는 비웃음에도 아랑곳하지 않고 세상에서 가장 가늘고 촘촘한 그물을 짜기에 바빴습니다.

드디어 요란하게 털실로 그물을 짜던 거미들의 그물이 완성되었습니다. 털실로 그물을 짜는 것은 자기 실로 짜는 것보다 훨씬 더 어려웠지만, 일단 그물을 다 짜기는 했습니다.

거미들은 자기들이 만든 그물을 자기 집 앞에 걸었습니다. 훔쳐 온 털실의 색깔이 다 달랐기 때문에 여기저기에 빨강, 파랑, 노랑 등 색색의 털실 그물이 걸리게 되었습니다.

어떤 거미는 갖가지 색깔을 섞어 그물을 짰는데,

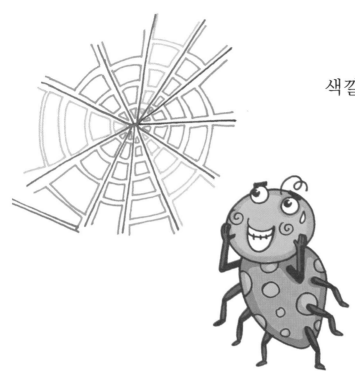

색깔이 너무너무 예뻤습니다.

"음, 나는 역시 보는 눈이 높아! 예술가지, 암! 예술가이고말고!"

그 그물을 짠 거미는 넋을 놓고 아름다운 자기 그물에 취해 있었습니다.

털실 그물은 정말 대단했습니다. 바람이 불어도, 나뭇가지가 떨어져도 찢어지거나 망가지지 않았습니다.

그러나 왕따 거미가 만든 그물은 또 금세 찢어져 버렸습니다. 그러자 다른 거미들의 비웃음이 또 파도처럼 들이닥쳤습니다.

"저 불쌍한 바보 거미 좀 보라지! 그물이 또 뚫렸잖아?"

"호호호, 어리석은 것! 저러고 살고 싶을까?"

"불쌍해서 내가 털실을 좀 나눠 준다고 해도 싫다던데!"

"뭘 몰라서 그래. 실컷 고생하며 살라지, 뭐."

거미들이 왕따 거미를 손가락질하며 놀려 댔습니다. 왕따 거미는 고개를 숙인 채 계속 그물만 손질했습니다.

그런데 이상한 일이 일어났습니다. 시간이 지나도 털실로 만든 그물에는 아무것도 걸리지 않았습니다. 파리 새끼 한 마리 걸리지 않는 것입니다. 빨강, 파랑, 노랑 등 색색의 털실 그물은 아주 멀리에서도 분명히 눈에 띄었는데, 어떤 바보 파리가 그 그물에 걸리려고 일부러 날아오겠습니까?

"에고, 배고파 죽겠네! 배가 등에 붙었어."

"나도 마찬가지야. 어젯저녁부터 굶었단 말야!"

'조금만 더 기다려 보자. 저녁때까지 기다리면 파리가 날아올 거야."

거미들은 스스로 위로하며 말을 주고받았습니다.

"윙~, 윙~!"

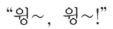

저녁이 되자 여기저기에서 곤충의 날개짓 소리가 들려 왔습니다.

"야, 모기다! 많이 몰려오는데?"

"아이, 좋아라! 그럼 곧 배불리 먹을 수 있겠구나!"

거미들은 한쪽에 숨어서 기다렸지만, 이게 웬일입니까? 단 한 마리도 그물에 걸리지 않고 모두들 다시 날아가 버리지 뭡니까!

"아니, 이게 대체 웬일이람!"

곤충들은 어둠 속에서도 선명한 털실 그물들을 알아볼 수 있었습니다. 어쩌다 잘못해서 한 마리가 털실 그물에 걸려도 끈적거리지 않아서 곧 빠져 나올 수 있었습니다.

거미들은 배를 곯은 채 자야 했습니다.

"오늘은 뭔가 잘못되었지만, 내일은 잘 되겠지. 내일은 배부르게 먹을 수 있을 거야."

거미들은 하도 배가 고파 잠을 이루지 못하고 뒤척이며 중얼거렸습니다.

그런데 다음 날도 털실 그물에 아무것도 걸리지 않기는 마찬가지였습니다. 그물은 매우 튼튼했지만, 파리와 모기는커녕 작은 벌레 한 마리도 걸려들지 않았습니다.

"애들아, 저것 좀 봐! 어리석은 왕따 거미가 먹이를 아주 많이 잡았는걸!"

정말이었습니다. 왕따 거미의 가느다랗고 촘촘한
그물에는 여기저기에 파리랑 모기랑 작은 벌레들이
가득 붙어 있었습니다.

"에고, 배고파 죽겠다!"

"왕따 거미한테 얻어먹으러 가자."

거미들은 왕따 거미한테 몰려갔습니다.

"에흠흠, 오늘은 날씨가 별로 좋지 않아서 먹잇감을 못 구했단다. 너는 운이 좋았는지 아주 많이 구했구나."

"우리가 이것들 좀 나눠 먹어도 되겠지?"

고픈 배를 부여안고도 거미들은 왕따 거미 앞에서 잘난 척을 했습니다.

"네, 필요한 만큼 가져가세요."

왕따 거미는 순순히 자기의 먹이를 나누어 주었습니다.

먹을 것이 없어 왕따 거미한테 먹이를 구걸했으면서도 거미들은 털실 그물을 버리지 않았습니다.

"일하는 건 싫어. 이 털실 그물이 더 좋아. 언젠가 먹이를 잡을 수 있겠지. 아직 길이 덜 들어서 그런 것뿐이라고!"

그러는 사이에 어느 새 겨울이 다가왔습니다. 하루는 비바람이 세게 몰아쳐서 거미 나라의 털실 그물이 모두 날아가 버렸습니다. 왕따 거미가 만든 촘촘한 그물도 날아가 버렸고, 털실로 만든 모든 그물도 날아가 보이지 않게 되었습니다.

비바람이 멎자, 거미들은 파랗게 질린 얼굴로 다시 기어 나왔습니다. 왕따 거미는 아무런 불평도 하지 않고 열심히 새 그물을 짜면서 노래를 불렀습니다.

작은 거미야, 부지런히 실을 뽑아라.
부지런히
이 그물을
더 촘촘히 짜거라.

울상을 짓고 멍청히 한숨만 쉬고 있던 다른 거미들이 고개를 끄덕이며 말했습니다.

　"왕따 거미가 어리석은 게 아니었어."

　"맞아! 어리석은 건 우리야! 왕따 거미가 세상에서 제일 훌륭한 그물을 짜고 있었어. 우리 몸에서 나는 실로 짜는 그물만이 먹이를 잡을 수 있어. 이제서야 그걸 깨닫다니!"

　거미들은 부끄러워서 얼굴이 빨개졌습니다.

　"우리도 어서 우리 실로 그물을 짜자!"

　다른 거미들도 부지런히 자기의 몸에서 실을 만들어 그물을 짜기 시작했습니다. 거미들이 짜는 그물은 햇빛을 받으면 빛나지만, 보통 때는 거의 보이지 않습니다. 그래서 다른 벌레들이 그 그물에 걸려드는 것이지요. 자기가 죽을 줄 알면서 일부러 그물에 걸려드는 벌레들이 어디에 있겠습니까?

"왕따 거미야, 나랑 놀자!"

덩치가 가장 큰 거미가 자기 거미줄을 다 치고 나서 왕따 거미에게 놀러 왔습니다.

"으응? 그, 그래."

왕따 거미는 너무나 놀랍고도 기뻤습니다. 왕따라고 부르기는 했지만, 그 말 속에는 따뜻한 마음이 깃들여 있었기 때문입니다.

"넌 그물을 짜면서 노래를 부르더구나. 나한테 노래 좀 가르쳐 줄래?"

"노래는 아니고, 그물에게 속삭여 주는 거야."

"그래? 나도 좀 배우자."

여기저기에서 거미들이 왕따 거미의 집 주변으로 몰려왔습니다.

왕따 거미는 너무나 기뻤습니다. 작고 보잘것 없다고 왕따를 당했지만, 자기의 일을 불평 없이 해

나왔기 때문에 친구들이 인정해 주는 것이라고 생각했습니다. 그리고 착하게 꾀부리지 않고 열심히 살면 좋은 날이 온다는 것도 깨달았습니다.

그래서 왕따 거미의 입에서는 계속 노래가 흘러나왔습니다.

쪼끄만 거미야, 부지런히 실을 뽑아라.
촘촘히 그물을 짜거라.
햇빛에 반짝반짝 빛나는
고운 그물을 짜거라.

네카어 강 너머로 보이는 하이델베르크

🍅 유서 깊은 대학 도시, 하이델베르크

독일 남서쪽에 자리잡은 하이델베르크는 철학가와 예술가들의 사랑을 받으며 독일의 학문과 문화의 중심지 역할을 해 온 대학 도시입니다.

1386년에 세워진 독일에서 가장 오래 된 대학인 하이델베르크 대학에는 문제 학생을 가두었던 학생 감옥이 남아 있습니다. 이 감옥에 갇히면 처음 3일 동안은 물과 빵 이외에는 아무것도 주지 않았으며, 4일째부터 다른 음식도 받아 먹을 수 있고 수업도 받을 수 있었답니다. 학생들은 이 감옥에 갇히는 것을 영광으로 생각했대요.

아빠를 화나게 하는 재주

"자, 그럼 지금부터 네 배짱을 시험하겠다."

한 무리의 사내아이들이 얼굴이 빨개진 한 소년을 향해 으름장을 놓듯이 소리쳤습니다. 그 소년의 이름은 귄터였습니다. 사내아이들의 대장은 또래보다 목 하나는 더 큰 란돌프였습니다.

"겁쟁이! 오금이 저리지? 못 올라가겠지?"

"헤헤, 지금 무서워서 오줌 싸고 있는 거 아냐?"

오금 : 무릎의 구부러진 안쪽의 오목한 부분.

열댓 명의 아이들은 거의 수직으로 10미터 높이의 지붕 위에 걸쳐져 있는 사다리 밑에 반원형으로 둘러서 있었습니다.

　　귄터가 다니는 초등 학교에는 서로 친하게 지내는 아이들끼리 몰려다니는 몇몇 무리가 있었습니다. 혼자서 다니지 않고 친한 아이들끼리 몰려다니다 보니, 그 무리에 끼지 못하는 아이들은 왕따가 되어 혼자 놀아야 했습니다. 그러므로 아이들은 어떻게 해서라도 친구들의 무리에 들어가려고 애썼습니다.

　　"안 되겠지? 무섭지?"

　　아이들은 신이라도 났는지 노래를 부르듯 박자를 맞춰 소리쳤습니다.

　　'아!'

　　귄터는 보는 것만으로도 너무 무서워서 아예 눈

을 돌려 버렸습니다.

　두 볼이 발갛고 순진해 보이는 얼굴의 귄터는 오늘 이 무리의 아이들에게 같은 클럽의 친구가 되기 위한 테스트를 받는 중이었습니다.

　"이깟 사다리쯤이 뭐가 높다고! 저번에 대장은 까치집이 있는 느티나무 꼭대기까지도 올라갔는걸?"

　얼굴에 주근깨가 귀엽게 총총 찍힌 아이가 귄터를 다그치며 말했습니다.

　"이건 까치집에 비하면 땅 짚고 헤엄치기지, 뭐."

　"이 정도도 못 해내는 바보를 어떻게 우리 클럽에 받아들일 수 있어?"

　귄터의 얼굴에 다부진 결심이 스쳐 갔습니다.

　'무슨 일이 있어도 통과하고 말 거야.'

권터는 벌써 눈이 빙빙 돌고 어지러웠습니다. 그러나 이를 악물고 주먹을 꽉 쥐었습니다. 열 살인 권터는 자기도 다른 애들 못지않게 용감하다는 것을 모두에게 보여 주고 싶었습니다. 자기를 비웃고 조롱하는 힘센 아이들을 깜짝 놀라게 해 주고 싶었습니다.

권터는 녹슨 소방용 사다리에 매달린 채 감히 아래쪽을 쳐다볼 엄두도 내지 못했습니다.

"내려와! 너는 안 될 거야, 이 겁쟁이야!"

대장인 란돌프가 다시 소리쳤습니다.

"그래! 괜히 끝까지 올라가지도 못할 걸 고생만 하지 말고 내려와라!"

아이들의 비웃는 목소리가 한껏 커졌습니다.

권터는 이를 악물었습니다. 한 칸씩 발을 올려 디딜 때마다 사다리가 앞뒤로 흔들렸습니다. 머리에서 식은땀이 흐르고 사다리를 잡은 손이 부들부들 떨렸습니다.

'기어이 올라가고야 말겠어.'

천천히, 그리고 조심스럽게 귄터는 흔들리는 소방용 사다리의 위쪽을 더듬었습니다. 한 칸, 한 칸 위로 올라갈수록 사다리는 더욱 심하게 흔들렸습니다. 사다리를 고정시키는 못이 군데군데 벽에서 빠져 나갔기 때문입니다. 사다리의 디딤판도 몇 개는 너무 닳아서 밟으면 꺼져 버릴 지경이었습니다.

귄터는 감히 아래쪽을 내려다보지 못하고 자기 목표만을 올려다보았습니다.

마침내 귄터는 지붕에 도달했습니다. 그리고 처음으로 아래쪽을 내려다보는 순간,

'으악! 엄마야!'

하고 속으로 외쳤습니다.

권터는 눈앞이 캄캄해져서 재빨리 다시 눈을 감아 버렸습니다. 10미터란 생각했던 것보다도 훨씬 더 까마득한 높이였습니다. 겁이 나서 비명을 지르지 않으려고 권터는 어금니를 꽉 깨물었습니다.

그러나 이것은 겨우 배짱 테스트의 첫번째 관문밖에 통과하지 못한 셈이었습니다. 두 번째 관문은 사다리에서 지붕 위로 기어 올라가 용마루에서 두 손을 치켜들고 배짱 클럽의 구호를 목청껏 소리쳐야 했습니다.

"좋아! 여기까진 성공이다! 계속해서 지붕 위로 올라가!"

대장 란돌프가 의기양양한 목소리로 명령을 내렸습니다.

"겁내지 마, 용감한 배짱 맨!"

권터의 사기를 북돋아 주려는 듯 누군가가 소리

관문 : 어떤 일을 하기 위하여 꼭 거쳐야 할 문.
용마루 : 지붕 위의 꼭대기.

쳤습니다.

"우리는 배짱에 살고 배짱에 죽는 사내 대장부
다!"

란돌프가 우렁찬 목소리를 다시 지붕 위로 날렸
습니다.

구경하던 여자 아이들이 남자 아이들 쪽을 향해
걱정스러운 목소리로 말했습니다.

"안 돼! 저러다가 떨어지겠어."

그러나 귄터는 이미 사다리에서 물받이를 넘어
지붕으로 올라간 뒤, 배를 깔고 엎드려 용마루를
향해 기어오르고 있었습니다. 그야말로 굼벵이 걸
음이었습니다. 겨우 한 뼘씩 한 뼘씩 앞으로 나갔
습니다. 바짝 정신을 차리지 않으면 큰일납니다.
오래 된 건물이었기 때문에 모든 것이 바스락거렸
습니다. 붙잡을 데를 찾았다고 생각하는 순간, 손

밑에서 삭은 기왓장 하나가 툭 마당으로 미끄러져 떨어졌습니다.

'후유!'

그럴 때면 귄터는 잠시 동안 앞이 막막해지면서 정신이 하나도 없었습니다.

드디어 귄터는 간신히 용마루까지 올라갔습니다. 귄터는 헐떡이는 숨을 가라앉히며 잠시 누워서 쉰 다음, 조심스럽게 몸을 일으켜 세우고는 두 손을 쳐들고 소리쳤습니다.

"배짱! 배짱! 배짱! 우리는 배짱에 살고 배짱에 죽는 사내 대장부다! 배짱 파이팅!"

귄터의 고함에 아래쪽에서 서 있던 아이들이 크게 박수를 치기 시작했습니다.

"와! 귄터 파이팅!"

귄터의 얼굴 가득 자랑스러운 웃음이 피어 올랐

습니다.

"대장! 내가 해냈어!"

"우아! 만세! 어서 내려와! 넌 합격이다!"

아이들이 환영의 고함을 질렀습니다.

대장인 란돌프도 엄지를 번쩍 치켜들며 축하해 주었습니다.

"잘했어! 배짱 클럽에 들어온 걸 환영한다!"

그러나 옆에 있던 여자 아이들이 한 목소리로 걱정하기 시작했습니다.

"너무 위험해! 금세 떨어질 것만 같아."

"바보 같은 계집애들 같으니라고! 입 닥치고 조용히 해!"

란돌프가 무서운 표정으로 쏘아붙였습니다.

지금 그들이 서 있는 작고 낡은 공장은 아이들이 살고 있는 마을의 주택 단지로부터 상당히 떨어져 있었습니다. 그 곳은 몇 년 전부터 버려진 폐가였기 때문에 '출입 금지'라는 경고판이 엄연히 붙어 있었습니다. 그러나 호기심 많은 아이들에게는 그런 것은 별 문제가 되지 않았습니다. 이 낡은 공장은 아이들의 좋은 놀이터가 되었습니다.

그 공장의 유리창들은 이미 오래 전에 깨어져 버렸고, 지붕에는 구멍이 뚫려 있었습니다. 그리고 폭풍이 몰아칠 때면 기왓장들이 빠져 나와 땅바닥에 떨어져 깨지곤 했습니다. 몇 해 전부터 이 건물을 부수고 그 자리에 큰 슈퍼마켓을 세울 거라는 소문이 나돌았지만, 아직까지는 아무 일도 일어나지 않았습니다.

폐가 : 쓰지 않고 버려 둔 집.

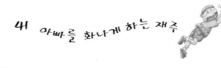

누군가가 란돌프네 클럽에 가입하기 원해서 배짱 테스트를 해야 할 때면, 아이들은 늘 그 공장으로 갔습니다. 거기서 치르는 배짱 테스트에 합격하지 못하는 아이는 절대로 가입이 되지 않았습니다.

권터에게는 지붕 위로 올라가는 것이 다시 내려오는 것보다 훨씬 쉬웠습니다. 왜냐 하면 내려올 때는 현기증이 나서 감히 아래를 내려다볼 수가 없었기 때문입니다. 권터는 죽기살기로 이를 악물고 땀을 뻘뻘 흘리며 배를 깔고 조금씩 아래로 미끄러져 내려왔습니다.

권터의 바지 무릎은 여기저기 찢어진 지 오래였고, 스웨터도 팔꿈치부터 기와에 쓸려서 찢어져 있었습니다. 두 손은 온통 긁힌 상처투성이였고 손가락 끝에선 피가 났습니다. 권터는 자기를 깔보는 배짱 클럽 회원들에게 자기에게도 용기가 있다는

것을 보여 주고 싶었습니다.

　이제 무사히 내려가기만 하면 보란 듯이 그들 속에 낄 수 있을 것이고, 누구도 '야, 이 겁쟁이 꼬마야. 집에 가서 엄마 젖이나 더 먹어!' 하고 말하지 못할 것입니다.

　그 때 갑자기 귄터가 발을 딛고 있던 기와 한 장이 툭 떨어져 나갔습니다.

　"어어!"

권터는 천천히 미끄러져 내려오면서, 처음에는 무슨 일이 일어나는지를 몰랐으나, 곧 자기가 떨어져 내리고 있다는 것을 깨닫자 비명을 지르기 시작했습니다.

"으악! 사람 살려! 미끄러진다!"

권터가 미끄러지는 바람에 기왓장이 떨어져서 와장창 산산조각이 났습니다. 그러나 아래에 있는 아이들은 아무도 권터를 도와 줄 수 없었습니다.

'엄마야! 이 일을 어쩌면 좋아?'

여자 아이들은 발을 동동 구르고 눈물을 흘리며 그저 멍하니 지붕 위를 쳐다볼 따름이었습니다. 놀란 란돌프와 아이들은 당황한 채 지붕 위만 쳐다보고 있었습니다.

처마의 물받이에까지 와서야 비로소 권터는 두 발로 다시 디딜 곳을 찾았고, 기왓장을 고정시키는

지붕 서까래 위의 가는 널빤지를 두 손으로 움켜잡았습니다.

마침내 란돌프가 소리쳤습니다.

"귄터! 꼭 붙잡아. 우리가 도와 줄게. 꼭 붙잡아!"

그러나 방법은 찾아지지 않았고, 두려움에 떨며 귄터가 울부짖기 시작하자 아이들은 후닥닥 뛰어 달아나 버렸습니다. 그걸 볼 수 없는 귄터는 지붕에 뚫린 구멍 속에 얼굴을 처박은 채, 살려 달라고 쉴새없이 아우성쳤습니다.

귄터는 친구 가운데 하나가 자신을 돕기 위해 지붕 위로 올라오리라 생각했습니다. 어느덧 물받이도 흔들리기 시작했으므로 더욱 겁이 났습니다. 그것도 녹이 슬어 몇 군데는 못이 빠져 있었습니다.

여자 아이인 루도 처음에는 당황한 나머지 다른

남자 애들을 따라 도망쳤지만, 다시 생각을 바꾸어 도망치는 남자 애들을 붙잡으려고 했습니다. 그렇지만 남자 애들은 쫓기는 사람들처럼 걸음아 날 살려라 달아났습니다. 아이들은 갑자기 지붕 위의 귄터보다 더 겁이 났던 것입니다.

루는 잠깐 생각하더니 숨도 쉬지 않고 큰길까지 달려갔습니다. 그리고 공중 전화 부스로 들어가서 119를 돌리고는 소리쳤습니다.

"사고가 났어요! 높은 사다리가 필요해요! 과수원 옆 낡은 공장이에요… 친구가 홈통에 매달려 있어요… 곧 떨어질 거예요! 빨리 와 주세요!"

루는 전화를 끊고 두근거리는 가슴을 쓸어내렸습니다. 루의 귀에는 끊임없이 귄터의 비명 소리가 들리는 것 같았습니다.

'귄터가 죽으면 어떡하지? 벌써 떨어졌으면 어떻

게 해?'

루가 안절부절못하고 서성거리고 있는데, 벌써 소방차의 사이렌 소리가 들려 왔습니다. 곧 뒤이어 붉은색의 커다란 소방차가 빠른 속도로 달려 공장으로 통하는 길로 사라지는 것이 보였습니다.

루는 뛰어왔던 길을 되짚어 달려갔습니다. 공장 앞에 이르렀을 때, 소방대원들은 이미 긴 사다리를 끌어 내 놓고 소방대원 한 명이 사다리를 올라가는 참이었습니다.

루는 남의 눈에 띄지 않게 덤불 뒤로 몸을 숨겼습니다. 귄터를 위험한 곳에 내버려 두고 도망쳤다는 것을 사람들이 알아챌까 봐 겁이 났습니다.

귄터는 땅 위에 내려져 제 다리로 서 있게 되자, 동네가 떠나갈 듯 큰 소리로 엉엉 울음을 터뜨렸습니다.

"이젠 안전해. 울지 말아라. 울음 뚝!"

소방대원 한 명이 귄터를 진정시키려고 했습니다. 그러나 루는 다른 소방대원이 이렇게 말하는 소리를 들었습니다.

"어이구, 뭐 이런 엉뚱한 녀석이 다 있지? 혼 좀 나야겠어. 이런 어처구니없는 짓을 하다니! 살아 있는 게 다행인 줄이나 알아! 나 참, 기가 막혀서! 말이 안 나오는구나! 오늘 네 아빠한테 꾸중깨나 들어야 할 게다."

소방대원들의 말에도 귄터는 울음을 그치지 못했습니다. 아직까지도 가슴이 두근두근했습니다.

"너 알아? 넌 죽을 뻔했다고! 얘, 도대체 저 지붕 위에서 뭘 하려고 했니?"

그 때 와장창 하고, 귄터가 그 동안 발을 딛고 버티고 있던 처마의 물받이가 부서져 두 동강이 났

습니다. 그 소리는 마치 귄터의 심장을 가르듯 크게 들렸습니다.

그 중 한 조각이 마당 위로 털썩 하고 떨어지는 통에 소방대원들도 깜짝 놀라서 펄쩍 뛰어 뒤로 물러났습니다.

귄터를 지붕에서 끌어 내린 소방대원은 혀를 끌끌 찼습니다.

사고 소식을 전해 들은 몇 명의 구경꾼들이 공장 안으로 모여들었습니다.

"너 도대체 어떻게 여길 들어왔니? 혼자 온 것은 아닐 테지?"

한 소방대원이 귄터에게 물었지만, 귄터는 입을 꼭 다물고 아무 대답도 하지 않았습니다.

"누구누구랑 왔니? 친구들의 이름을 대 보아라."

그러나 귄터는 여전히 입을 열지 않았습니다.

"말하기 싫어? 하긴! 말할 염치가 있겠니?"

소방차의 운전수는 귄터를 조수석에 태워 집에 데려다 주었습니다.

빨간색 소방차가 귄터네 집 앞에 서는 것만 해도 놀라운 일인데, 두 명의 소방대원이 아이를 데리고 나오자 동네 사람들이 우르르 모여들었습니다.

"어머나! 귄터 아냐?"

소란스러운 소리에 창 밖을 내다보던 귄터의 어머니가 하얘진 얼굴로 뛰어나와 아들을 끌어안았습니다.

"웬일이에요? 이게 무슨 일이지요?"

권터의 어머니는 너무 당황한 나머지 왈칵 감정이 복받쳐 눈에서 눈물이 흘러내렸습니다.

"장난이 너무 심합니다. 이 녀석, 잘 좀 타이르셔야겠습니다."

소방대원 한 명이 웃으며 말했습니다.

"하하, 위험한 곳에 가면 안 된다는 것을 모르나 봅니다."

"네, 잘 알겠습니다. 수고 많으셨습니다."

권터의 어머니는 떨리는 목소리로 감사의 인사를 하였습니다.

소방차가 돌아가자, 어머니는 권터를 부엌으로 데려간 뒤 의자에 털썩 주저앉았습니다. 한참이 지나서야 놀랐던 가슴을 가라앉힌 어머니는 권터에게 말했습니다.

"왜 그런 위험한 짓을 했니? 하마터면 죽을 뻔했 잖아……."

겁먹은 귄터가 다시 울음을 터뜨리자 어머니는 머리를 쓰다듬어 주며 말했습니다.

"울지 마. 야단치는 게 아냐. 하지만 이런 일이 다시 일어나선 안 돼. 왜 그랬는지 말해 보렴."

귄터는 어머니에게 배짱 클럽에 가입하고 싶었다 는 것과 배짱 테스트에 관해 이야기를 해 주었습니 다. 어머니는 한숨을 내쉬며 말했습니다.

"알았다. 넌 참 대단한 친구들을 사귀었구나. 진 짜 도움이 필요할 때 도망쳐 버리는 배짱 좋은 친구들을 말야. 별로 자랑스럽지는 않겠구나."

귄터의 아버지는 퇴근해서 돌아오는 길에 이미 동네 사람들로부터 이 사고를 전해 들었습니다.

"당장 나와! 귄터 이 녀석아! 썩 나오지 못해!"

아버지는 일단 자기 아들의 뺨부터 한 대 갈겨야 분을 좀 삭일 것 같았습니다.

그런데 어머니가 나서서 막았습니다.

"여보, 진정해요! 이 애가 살아 있는 걸 다행으로 생각하세요. 무슨 일이 일어났다면 어쩔 뻔했어요?"

풀이 죽은 귄터는 고개를 푹 수그린 채 감히 아버지를 쳐다보지도 못했습니다.

"좋아! 그러나 똑똑히 알아 둬, 이 녀석아. 벌로 너는 보름 동안 텔레비전 보는 걸 금지한다."

아버지는 이어서 말했습니다.

"밖에 나가 노는 것도 금지다. 보름 동안은 용돈도 없어. 또……."

"여보, 그만 하세요. 그만하면 됐어요."

어머니가 소리치자, 아버지가 더 큰 소리로 맞섰

습니다.

"절대로 충분하지 않아! 나중에는 어떤 짓을 저지를지 모른다고!"

"그래도 여보, 우리 아들이 살아 있는 것으로 감사합시다."

"뭐? 살아 있다고?"

아버지는 또 화가 나는 듯 목소리를 더욱더 높였습니다.

"그런 어처구니없고 황당한 일이 왜 생겼는데? 제정신이야? 떨어졌으면 죽었을 거야!"

그 때, 이번 일로 배짱이 두둑해진 귄터가 배짱을 회복한 듯 아버지에게 말했습니다. 제법 큰 목소리였습니다.

"저는 떨어지진 않았잖아요. 그리고 이제 배짱 클럽 회원이 되었다고요!"

"흥! 배짱 클럽이라? 다른 건 몰라도 분명한 건 하나 있구나! 그저 어른들을 화나게 하는 재주를 가진 녀석들……!"

아버지는 이렇게 말하면서 냉장고에서 맥주 한 병을 꺼냈습니다. 그리고 한편으로는 안도의 한숨을 내쉬었습니다.

'이 녀석아, 제발 어서 빨리 철 좀 들어라. 골치 아픈 이 아빠, 마음 좀 놓고 살아 보자!'

이런 마음이 담긴 아빠의 한숨이기도 했습니다.

그런데 귄터가 그것을 알기나 할까요? 토끼랑 놀지 못하게 했다고 벌써 댓 발이나 튀어나온 저 입 좀 보세요!

요정에게 납치된 소년

　독일의 한 도시에서 한 구두장이가 아내와 아들과 함께 살고 있었습니다. 구두장이는 날마다 길거리 한편에서 구두를 기워 주면서 정직하게 살았습니다. 새 구두를 만들어 판다면 좀더 많은 돈을 벌 수 있었겠지만, 너무나 가난했기 때문에 새 구두를 만들 가죽을 살 수 없었습니다.

　　아내는 성문 밖에 있는 손바닥만한 작은 밭에서 가꾼 과일과 채소를 시장에 내다 팔아 살림을 도왔습니다.

　　이 부부에게는 아주 잘생긴 아들 야콥이 있었습니다. 그는 열두 살이란 나이에 비해 몸집이 컸습니다. 야콥은 시간이 날 때마다 어머니 곁에 앉아 있다가 손님들이 산 물건을 집에까지 배달해 주고는 하였습니다.

　　그 날도 구두장이 아내는 늘 하던 대로 시장에서 장사를 하고 있었습니다. 그녀의 앞에는 양배추가 든 바구니와 푸성귀들이 담긴 바구니가 놓여 있었습니다. 작은 바구니에는 철 이른 배와 사과, 살구 등이 담겨 있었습니다. 야콥은 어머니 곁에서 카랑카랑한 목소리로 손님들을 불렀습니다.

　　"싱싱한 채소 사세요! 밭에서 갓 뽑아 온 채소

세계 교과서 동화

사세요!"

그 때 웬 할머니가 시장 거리를 걸어왔습니다. 다 해어진 옷에다 작고 뾰족한 얼굴이 매우 흉측스러워 보였습니다. 그리고 빨간 눈에 뾰족하게 휘어진 코가 턱에 닿을 것처럼 축 늘어져 있었습니다. 할머니는 절뚝거리며 야콥의 어머니 바구니들 앞으로 다가섰습니다.

"어디 한번 볼까? 푸성귀들을 보자고. 내가 원하는 게 당신에게 있는지 말야."

할머니는 흉하게 생긴 손을 바구니 속에 집어 넣어 온 바구니 안을 헤집고 나서 짜증을 내며 중얼거렸습니다.

"형편 없는 것들이야. 몹쓸 푸성귀뿐이고, 나에게 필요한 건 하나도 없잖아?"

이 말이 야콥의 기분을 상하게 했습니다.

"그 더러운 손으로 싱싱한 채소를 마구 헤집으면 어떡해요? 공작님 댁 요리사는 우리 집 물건만 사 간단 말예요!"

할머니는 이 용감한 소년을 흘겨보더니 실실 웃으며 말했습니다.

"애야, 너 참 당돌하구나!"

드디어 야콥의 어머니가 화가 나서 외쳤습니다.

"할머니, 물건을 사려면 사고, 말려면 그냥 가세요. 다른 손님들을 쫓아 버리지 말고요."

"좋아, 당신 말대로 하지."

할머니는 여전히 실실 웃으며 말했습니다.

"난 이 양배추 여섯 통을 모두 사겠소. 그런데 들고 갈 수가 없으니, 당신 아들이 우리 집까지 날라 주는 조건이야."

야콥은 어머니가 시키는 대로 양배추를 둘러메고

할머니를 따라갔습니다.

할머니를 따라 도시 변두리에 있는 낡은 집 안으로 들어섰을 때, 야콥은 깜짝 놀랐습니다. 집 안이 너무나 화려하게 꾸며져 있었기 때문입니다. 가구들은 한결같이 번쩍번쩍 빛이 나게 잘 닦여 있었습니다.

"앉아라, 당돌한 애야."

할멈은 구석에 놓인 소파 쪽으로 야콥을 밀어 넣으며 말했습니다. 그리고 야콥 앞에 탁자를 놓아 야콥이 빠져 나올 수 없게 만들었습니다.

"너 아주 무거운 걸 잘 들고 왔구나. 사람의 머리란 게 그리 가벼운 게 아니지!"

"무슨 말씀이세요? 제가 들고 온 건 양배추라고요."

"헤헤, 넌 잘못 알고 있어."

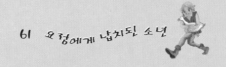

할머니는 심술궂게 웃으며 바구니의 뚜껑을 열더니 머리카락을 거머쥐고는 사람 머리 하나를 끄집어 냈습니다.

야콥은 너무 놀라 정신을 차릴 수가 없었습니다. 그러는 순간에도 야콥은 제일 먼저 어머니를 생각했습니다. 만일 누군가가 이 사람들의 머리에 대해 알게 된다면 틀림없이 어머니가 잡혀 갈 것이라는 생각이 들었습니다.

"네게 상금을 줘야겠다. 평생 잊지 못할 맛좋은 수프를 만들어 주마."

할머니가 피리를 불자, 옷을 입은 생쥐들이 달려왔습니다. 모두 앞치마를 두르고 주걱과 칼을 허리에 차고 있었습니다. 뒤를 이어서 많은 다람쥐들이 깡충거리며 뛰어들어왔습니다. 다람쥐들은 날쌔게 벽으로 기어오르더니 조리 기구를 화덕으로 가져갔

습니다.

할머니는 왔다갔다하면서 감독을 하였습니다.

드디어 수프가 부글부글 끓어 오르자 냄비에서 김이 솟아올랐습니다. 할머니는 대접에 수프를 담아 야콥 앞에 놓았습니다.

"자, 먹어라. 너는 아주 훌륭한 요리사가 될 소질이 있다. 하지만 그 신비한 푸성귀는 절대로 찾아 내지 못할 게다."

야콥은 할머니가 무슨 소리를 하는지 이해할 수 없었습니다. 맛좋은 수프를 아껴 가며 먹는 동안, 생쥐가 아라비아 산 향에 불을 붙였습니다. 향기를 맡은 야콥은 갑자기 너무 졸려서 그만 할머니의 소파에서 잠이 들고 말았습니다.

꿈 속에서인지 마치 할멈이 자기의 옷을 벗기고 그 대신 다람쥐 가죽을 덮어씌우는 것 같았습니다.

그래서 깡충 뛰어오를 수도 있고 기어다닐 수도 있었습니다. 그리고 할머니의 종이 되어 시중을 들었습니다. 처음에는 구두를 손질하는 일만 했습니다. 그는 계속해서 꿈을 꾸었습니다.

약 1년이 지나자 좀더 나은 일을 맡게 되었습니다. 햇빛 속에 보이는 먼지를 잡아서 체에다 걸러 내는 일이었습니다. 할머니는 햇빛 속에서 모은 먼지로만 빵을 만들게 했습니다.

그 다음 한 해 동안은 할머니가 마실 물을 모으는 종으로 지냈습니다. 다람쥐들과 야콥은 장미꽃 이슬만을 길어야 했습니다. 그 다음 해에는 집 안 바닥을 깨끗이 닦는 일을 했습니다.

4년이 되는 해에야 야콥은 부엌일을 하게 되었습니다. 그리고 어느덧 직접 파이를 구울 수 있는 지위에까지 올랐습니다. 야콥은 이 모든 걸 빨리

터득했습니다.

이렇게 해서 7년이란 세월이 흘렀습니다. 그러던 어느 날 할머니가 외출을 했습니다. 야콥은 전에는 본 적이 없는 벽장의 문이 조금 열려 있는 것을 보게 되었습니다. 거기에는 향긋한 냄새를 풍기는 이파리들이 여러 개의 바구니 속에 담겨 있었습니다. 향기가 너무 강해서 계속 재채기를 했는데 재채기 소리에 놀라 잠에서 깨어났습니다.

잠을 깨고 보니 야콥은 할머니의 소파에 누워 있었습니다.

'정말 신기해. 어쩜 꿈을 그렇게 생생하게 꿀 수가 있을까? 내가 다람쥐가 되어 생쥐들과 살고 또 훌륭한 요리사가 되기도 하다니! 이 이야기를 하면 어머니는 웃으시겠지?'

할머니가 그를 데려간 곳은 도시에서 꽤 멀리 떨

어진 곳이었기 때문에, 야콥은 겨우 집에 돌아왔습
니다. 시장은 여전히 혼잡을 이루고 있었습니다.
그런데 사람들이 여기저기서 수군거리는 소리가 들
렸습니다.

"아유, 저 징그러운 난쟁이 좀 봐. 기다란 코에
다 머리가 어깨랑 딱 붙었잖아?"

"저런 괴물이 어디서 왔지?"

이런 소리가 사방에서 들려 왔지만, 야콥은 어머
니에게 갈 길이 바빠서 그 난쟁이를 찾아볼 생각을
하지 못했습니다.

어머니는 아직도 그 자리에 앉아서 바구니에 여
러 가지 과일과 채소 따위를 듬뿍 담아 두고 있었
습니다. 그러나 멀리서 보기에도 어머니의 얼굴에
슬픔이 어려 있는 것을 알 수 있었습니다.

야콥은 어머니에게 다가가서 어머니의 팔에 손을

얹으며 말했습니다.

"어머니, 저 배달 마치고 왔어요!"

그러자 어머니가 자지러지는 비명 소리와 함께
몸을 젖혔습니다.

"에구머니나! 이게 무슨 괴물이람! 이 난쟁이야,
냉큼 저리 가지 못해!"

"어머니, 도대체 왜 그러세요? 어머니 아들이잖아요."

야콥은 깜짝 놀라서 물었습니다.

"저리 가! 그런 익살로는 내게서 단돈 한푼도 얻어 내지 못해!"

"사랑하는 어머니, 제발 정신 차리세요. 전 야콥이라고요."

"그만 해. 나에게 그런 가슴 아픈 말장난을 하다니, 너무나 잔인하구나."

어머니는 곁에 앉아 있던 여자에게 외쳤습니다.

"저 난쟁이가 7년 전에 집을 나간 내 아들 야콥이라고 하네요. 기가 막혀서, 원!"

그러자 곁에 있던 여자가 야콥에게 삿대질을 해대며 험한 욕을 퍼부었습니다.

'뭐? 내가 7년 전에 집을 나갔다고?'

야콥은 머릿속이 멍해져서 아무 생각도 할 수 없었습니다.

'분명히 오늘 아침에 어머니와 함께 시장으로 나와 양배추를 배달하고 거기서 수프를 먹고 잠깐 졸다가 돌아온 것 같은데, 7년이라니……! 그리고 보기 싫은 난쟁이라니! 도대체 무슨 일이지?'

야콥의 눈에서 자기도 모르게 눈물이 흘러내렸습니다. 그는 울면서 아버지가 구두를 깁고 있는 가게로 갔습니다.

'아버지도 나를 못 알아보시는지 봐야겠다.'

그냥 문 밖에서 아버지에게 말을 걸어 볼 셈이었습니다. 야콥은 가게에 도착하자 문 밖에 서서 안을 들여다보았습니다.

아버지는 고개를 숙이고 부지런히 일하고 있었습니다. 그러다가 우연히 문께를 본 아버지는 놀라서

구두를 떨어뜨리며 소리쳤습니다.

"아이쿠! 당신 누구요?"

야콥은 가게 안으로 들어섰습니다.

"안녕하세요? 어떻게 지내세요?"

"고생하며 살고 있소이다."

아버지는 야콥을 보고 놀라면서 말했습니다.

"일을 도와 줄 아들은 없나요?"

"야콥이란 아들이 있었소. 살아 있다면 지금 스무 살의 건장한 젊은이가 되어 있을 거요. 그 앤 덩치도 좋았고 잘생겼었소. 그 아이가 있다면 지금 내 꼴이 이렇지는 않을 거요."

"도대체 당신 아들이 어디에 갔는데요?"

야콥은 떨리는 목소리로 물었습니다.

"하느님만이 아실 뿐, 누가 알겠소? 7년 전에 사라져 버렸다오."

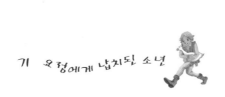

"7년 전이라고요?"

야콥은 깜짝 놀라 소리쳤습니다.

"나는 그 날이 마치 오늘 일처럼 생생하다오. 아내가 집에 돌아와 통곡하며 울던 일이 말이오. 배달 나간 아이가 영영 사라져 버렸다오."

야콥은 마침내 자기에게 무슨 일이 일어났는지를 깨달았습니다. 그는 잠깐 동안 꿈을 꾼 것이 아니라 7년 동안을 나쁜 요정 곁에서 다람쥐로 산 것입니다. 야콥의 심장은 분노와 원망으로 터질 것만 같았습니다.

"혹시 내가 하는 일을 배우고 싶은 거요? 아니면 당신의 코 덮개가 필요하오?"

"내 코가 어때서요?"

"나 같으면 그 끔찍한 코를 덮개로 가리겠소."

야콥은 깜짝 놀라 자기의 코를 만져 보았습니다.

긴 코가 거의 두 뼘이나 되었습니다. 그 할머니가 야콥의 모습을 바꾸어 버려, 어머니가 아들도 알아 보지 못한 것입니다.

"여기 거울 좀 없습니까?"

"없소. 꼭 거울을 봐야겠다면 길 건너 이발소에 가 보시오."

아버지는 그를 밀어 내고 문을 닫아 버렸습니다.

야콥은 슬픔에 잠겨 옛날에 친하게 지내던 이발 사에게 갔습니다.

"부탁이 있는데, 거울 좀 잠깐 보게 해 주시겠어 요?"

"얼마든지 보시오. 저기 있소."

이발사는 큰 소리로 웃어대며 말했습니다.

야콥은 거울 앞으로 가서 자기의 모습을 비추어 보았습니다. 야콥의 눈에서 눈물이 솟구쳐 올랐습

니다.

'어머니가 나를 알아보시지 못한 것이 당연해!'

작은 눈은 단추 구멍만했고, 한없이 큰 코는 입술 위까지 길게 늘어져 있었습니다. 턱은 아래로 뻗쳤고 목은 아예 없었습니다. 키는 7년 전 열두 살 때보다도 더 작았습니다. 야콥은 이렇게 흉물스러운 난쟁이가 되어 버린 것입니다. 자신이 할머니를 흉보던 그 모습대로 자기에게 이루어져 있었습니다. 모두 할머니의 보복이었습니다.

그러나 아직 정신만은 또렷했습니다.

야콥은 다시 한 번 어머니가

있는 시장으로 갔습니다. 그리고 지금까지 자기가 겪은 이상한 이야기를 모두 다 털어놓았습니다.

야콥의 어머니는 어안이벙벙한 표정으로 듣고 있다가 말했습니다.

보복 : 앙갚음.

"도저히 믿을 수가 없어."

이 난쟁이가 자기 아들이라는 걸 어떻게 믿겠습니까?

야콥의 어머니는 남편과 상의해 보기 위해 바구니를 챙겨 들고 난쟁이에게 함께 가자고 말했습니다. 어머니와 야콥은 구두장이의 가게로 갔습니다.

"여보, 이 난쟁이가 우리 야콥이래요. 7년 전에 어떻게 해서 나쁜 요정의 마법에 걸리게 되었는지 다 이야기했어요."

"그래?"

구두장이는 화를 버럭 내며 아내의 말을 가로막고 나섰습니다.

"저 녀석이 그렇게 말했다고? 야, 이 사기꾼놈아! 아까 내가 말한 말을 당신에게 가서 떠벌려? 그래, 마법에 걸렸다고? 기다려, 내가 널 다시

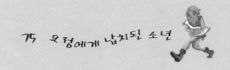

마법에서 풀어 주마."

구두장이는 말을 끝내자마자 방금 자른 가죽끈 한 다발을 집어서 난쟁이를 후려치기 시작했습니다. 난쟁이는 아픔을 이기지 못해 눈물을 흘리며 도망쳤습니다.

다음 날 아침, 동이 트자마자 일어난 야콥은 앞으로 어떻게 살아가야 할지 곰곰이 생각해 보았습니다.

이 때 문득 자신이 다람쥐로 지냈을 때 부엌에서 요리를 하던 일이 생각났습니다. 요리사로서 자신의 솜씨를 발휘해 보기로 마음먹었습니다.

그 곳을 다스리고 있는 공작은 유명한 미식가였습니다. 그의 궁전에서 일하는 요리사들은 세계에서 내로라 하는 일류 요리사들뿐이었습니다.

난쟁이 야콥은 공작의 궁전으로 향했습니다.

미식가 : 맛있고 특별한 음식을 즐기고 좋아하는 사람.

“무슨 일 때문에 왔소?”

문지기가 야콥에게 물었습니다.

“궁전의 요리장을 만나러 왔습니다.”

“그래? 나를 따라오시오.”

야콥은 문지기를 따라 요리장 앞으로 갔습니다. 지나는 곳마다 사람들이 그를 보고 손가락질을 하며 놀려 댔습니다.

“나리, 저는 요리사입니다. 아주 희귀한 음식도 만들 수 있습니다. 몇 가지 음식 재료만 주신다면 지금 당장 요리를 해 보이겠습니다.”

“좋다, 까짓 거! 재미로라도 한번 시켜 보마.”

요리장은 그 날 아침 식사 당번인 요리사에게 물었습니다.

“공작님께서 오늘 아침에는 어떤 식단을 명하셨는가?”

"네, 함부르크식 수프에 왕가의 전통적인 경단 스테이크입니다."

요리장이 야콥에게 물었습니다.

"잘 들었겠지? 이 요리를 할 자신이 있는가?"

난쟁이에게는 식은 죽 먹기였습니다. 다람쥐 시절에 자주 해 본 요리였으니까요.

"이 요리보다 더 쉬운 건 없어요. 재료만 준비해 주세요."

사람들은 야콥이 요구하는 대로 재료들을 화덕 위로 날라 왔습니다. 그리고 키가 작은 야콥을 위해 의자 몇 개를 놓아 주었습니다.

야콥은 이리저리 날쌔게 움직이며 금세 요리를 완성했습니다.

"아니, 이럴 수가!"

요리장은 벌어진 입을 다물지 못했습니다.

요리장은 눈을 지그시 감고 음식의 맛을 보았습니다.

"흠, 정말 일품이야. 내 평생 이런 맛은 처음이다."

이 때 공작의 하인이 아침 식사를 가져오라고 했습니다.

음식을 먹은 공작은 대단히 기분이 좋아 요리장을 불러서 칭찬해 주었습니다.

"오늘 아침에 요리한 요리사의 이름을 말해 보게. 상을 주고 싶네."

"공작님, 이건 정말 놀라운 이야기랍니다."

요리장은 이상한 난쟁이에 관한 이야기를 해 주었습니다.

"호, 그래? 거참 신기하구먼. 당장 데려와 보게."

가엾은 난쟁이 야콥은 자신이 마법에 걸려 다람쥐 신세로 요리를 배웠다는 사실을 말할 수 없었습니다.

"네게 해마다 금돈 50냥을 주겠다. 매일 내 아침 식사를 직접 준비해 다오. 너를 내 부요리장으로 삼겠다."

난쟁이 야콥은 공작 앞에 넓죽 엎드려 공작의 발에 입을 맞추었습니다. 이제 난쟁이는 모든 사람들로부터 정중한 대우를 받았습니다. 공작은 난쟁이 요리사의 음식을 먹기 위해 하루에 다섯 번의 식사를 했습니다.

편안하게 잘 살아가던 어느 날, 야콥은 거위 시장으로 장을 보러 갔습니다.

'살찐 거위를 찾아야 할 텐데…….'

거위를 파는 여자들은 난쟁이가 자기 쪽으로 코

를 향하기만 해도 좋아했습니다. 왜냐 하면 야콥은 결코 물건값을 야박하게 깎지 않았기 때문이지요. 난쟁이는 세 마리의 거위를 사서 어깨에 메고 궁전으로 발길을 서둘렀습니다. 이 때 거위 중 한 마리가 마치 사람처럼 한숨을 쉬는 것이 아닙니까!

"에이, 이 거위는 병이 들었구나. 가는 즉시 요리해 버려야겠다."

난쟁이가 중얼거리자 그 거위가 또렷한 소리로 말했습니다.

날 찌른다면

난 널 꽉 물 거야.

내 목을 조른다면

그보다 먼저 널 무덤으로 보낼 거야.

난쟁이는 너무 놀라 둥우리를 내려놓았습니다.
거위는 초롱초롱한 눈으로 그를 빤히 바라보며 말
했습니다.

"저는 위대한 마법사의 딸인 미미랍니다. 나쁜
마법에 걸려 이렇게 되었지요."

"이럴 수가! 미미 아가씨, 미안해요. 나도 한때
작은 다람쥐였던 적이 있었답니다. 나는 이 궁전
의 부요리장이오. 당신을 죽이지 않고 내 방에

두겠소. 그리고 기회를 보아서 당신을 놓아 주겠
소."

"고마워요."

난쟁이의 위로에 거위는 너무 기뻐서 눈물을 글
썽거렸습니다.

야콥은 시간이 날 때마다 방으로 가서 거위와 함
께 이야기를 나누며 위로해 주었습니다.

거위는 코트 섬에 사는 위대한 마법사 보크의 딸
인데, 아버지가 간교한 늙은 요정과 싸워서 졌기
때문에, 그 벌로 딸인 미미에게 마법을 걸어 거위
로 만들었다는 것이었습니다.

"아버지는 제게 몇 가지 기초적인 마법을 가르쳐
주셨어요. 당신은 어떤 특별한 잎사귀로 인해 마
법에 걸린 것 같아요. 그 잎사귀를 찾기만 한다
면 마법에서 풀려날 수 있을 거예요."

"아, 그래요? 그럼 길이 있겠네요!"

그 잎사귀를 어디서 찾아 내야 할지 막막했지만, 그래도 난쟁이는 실낱 같은 희망을 버리지 않았습니다.

바로 이 즈음 공작은 이웃 나라 친구의 방문을 받았습니다. 공작은 난쟁이를 불러 말했습니다.

"네 요리의 진면목을 보여 다오. 나를 방문한 내 친구는 대단한 미식가야. 그러니 그를 놀라게 해야 해. 같은 음식을 결코 두 번 식탁에 올리면 안 된다."

"네, 정성을 다하겠습니다."

난쟁이는 요리 솜씨를 한껏 발휘했습니다. 공작의 친구는 벌써 14일째 공작의 궁전에 머물면서 만족한 나날을 보내고 있었습니다.

15일째가 되는 날, 공작의 친구는 야콥을 불러

진면목 : 본디 그대로의 모습이나 상태. 참모습.

서 물었습니다.

"넌 정말 대단한 요리사다. 한데 요리 중의 요리
라는 수브렌 파이는 왜 없느냐?"

그런 음식에 대해서는 전혀 들어 본 적이 없는
야콥은 놀랐지만 마음을 가다듬고 대답했습니다.

"떠나시는 날 대접하려고 아껴 두었습니다."

"오, 그래? 그럼 내일 아침 식탁 위에 그 파이를
내놓도록 해라."

"네, 공작님."

이제 큰일났습니다. 야콥은 그 파이를 어떻게 만
드는지도 몰랐습니다. 그래서 자기 방으로 돌아와
한숨을 쉬었습니다. 그 때 방 안을 자유로이 거닐
던 거위 미미가 그에게 다가와 물었습니다.

"나는 수브렌 파이라는 게 뭔지도 몰라요. 인제
죽게 되었소."

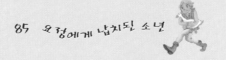

그러자 미미가 말했습니다.

"그 음식은 아버지의 식탁에 자주 올랐기 때문에 제가 대강 알아요."

"미미, 그게 정말이오?"

야콥은 미미의 도움을 받아 그 음식을 만들었습니다. 맛을 보니 정말 일품이었습니다.

다음 날 야콥은 파이를 크게 만들어서 멋지게 장식한 뒤 식탁에 올렸습니다.

미식가는 조금씩 몇 번을 먹어 보며 맛을 음미하더니 조롱하는 듯한 웃음과 함께 말했습니다.

"훌륭하기는 하지만, 정확한 수브렌 파이는 아니오. 가짜요."

이 말에 공작의 얼굴이 붉으락푸르락해졌습니다.

"하하하, 이 파이에는 우리 나라에만 있는 신기한 잎사귀가 빠져 있네그려. 그러니 이 나라 사

일품 : 제일 가는 품질. 또는 그런 물건.

음미 : 작품을 감상하듯 맛을 봄.

람들은 결코 내가 즐기는 그런 파이를 먹어 보지
못할 거야."

친구의 말에 공작은 눈에 불을 켜고
야콥에게 명령했습니다.

"24시간을 주겠다. 내일 그 파이를
내놓든지, 네놈의 목을 내놓아라."

난쟁이는 방으로 돌아가 거위에게
하소연을 하며 울었습니다.

"에이, 울지 마세요. 그 풀잎을 찾을 수 있어요.
궁전 근처에 오래 된 너도밤나무가 있나요?"

"여기서 조금 떨어진 호숫가에서 본 적이 있소."

"너도밤나무 밑동 언저리에서만 그 신기한 풀이
자라거든요."

난쟁이는 거위 미미를 안고 너도밤나무가 줄지어
선 호숫가로 달려갔습니다.

커다란 그림자를 짙게 드리운 너도밤나무 주위는
앞을 분간할 수 없을 정도로 어두웠습니다.

그 때 갑자기 거위가 길게 자란 풀에다 머리를
박고 무언가를 헤집기 시작했습니다. 부리로 무언
가를 뽑아 낸 미미는 난쟁이에게 건네 주었습니다.

"이게 바로 그 풀이에요. 여기에 많이 있네요."

난쟁이는 그 풀에서 나는 강한 향기를 맡고 소리
쳤습니다.

"미미! 이것 봐요. 이 풀이 나를 다람쥐에서 지
금의 치욕스런 모습으로 바꾼 풀잎인 것 같아요.
내 모습을 바뀌게 할 수 있는지 시험해 보는 게
어떨까요?"

"아직은 일러요. 이 풀잎을 잔뜩 가지고 궁전으
로 돌아가요."

그들은 풀잎을 잔뜩 따 가지고 궁전으로 돌아왔

습니다.

난쟁이 야콥의 심장은 터질 듯이 뛰었습니다.

"하느님의 뜻이라면 나는 이제 이 흉측스러운 모습을 벗게 될 것이다."

야콥은 풀잎에 코를 대고 그 향을 힘껏 들이켰습니다. 그러자 온몸의 뼈가 우지끈 하고 늘어나는 듯한 느낌이 들었습니다. 등과 가슴이 넓어지고 두 다리는 쭉 펴졌습니다.

거위 미미는 놀라워 하며 이 모든 것을 지켜 보았습니다.

"아! 당신은 정말 크고 잘생기셨군요!"

흉물스러운 난쟁이였던

야콥은 기쁨에 겨워 두 팔을 불끈 쳐들며 기뻐했습니다.

"아! 인제 어머니를 만날 수 있겠다!"

야콥의 눈에서 눈물이 하염없이 흘러내렸습니다. 그러나 기뻐하는 중에도 거위 미미에 대한 고마움을 잊지 않았습니다. 그의 마음은 한시 바삐 부모에게 달려가고 싶었지만 그보다 앞서 미미에게 보답해야겠다는 생각이 들었습니다.

"미미, 나 혼자서는 결코 이 풀잎을 찾아 내지 못했을 거요. 영원히 그 추한 난쟁이로 살든지 아니면 죽어야만 했을 거요. 당신에게 은혜를 갚고 싶소. 당신을 당신 아버지에게 데려다 주겠소. 당신 아버지는 당신을 마법에서 쉽게 풀어 줄 수 있을 거요."

"고마워요!"

거위는 기뻐서 눈물을 흘렸습니다.

야콥은 한밤중에 거위를 안고 살짝 궁전을 빠져 나왔습니다. 그리고 미미의 고향인 바닷가로 걸음을 재촉했습니다.

백조를 닮은 노이반뉴타인 성

독일 퓌센에는 백조의 모습처럼 아름다운 노이반슈타인 성이 있습니다. 바이에른 왕 루트비히 2세는 작곡가 바그너의 음악에 심취한 나머지, 바그너의 음악에 등장하는 중세풍의 성을 짓기로 했대요. 주위의 반대가 극심했으나 성은 17년 만에 완성되었고, 새로운 백조의 성이란 뜻의 노이반슈타인이란 이름을 붙였어요. 그러나 루트비히 왕은 반대파로부터 미친 사람으로 몰려 왕위에서 쫓겨났고, 사흘 뒤에 어떤 호수에서 시체로 발견되었어요.

루트비히 2세가 이 성에서 산 것은 겨우 102일이며, 그가 그토록 존경했던 바그너는 이 성의 완성을 보지 못하고 세상을 떠났답니다. 미국의 디즈니랜드 성은 이 성을 본떠서 지은 거래요.

무슨 일이 있었을까요?

　어느 해 크리스마스에 한 꼬마가 곰을 선물로 받았습니다. 아주 멋진 곰이었습니다. 곰은 부드러운 갈색 털에 목에는 빨간 목도리를 두르고 있었습니다. 누가 배를 누르면 곰은 '야아!' 하고 소리를 냈습니다.

꼬마는 밤에 그 곰을 자기 침대 곁에 놓아 두고 자고 싶었습니다. 그러나 엄마가 그걸 보고 꼬마에게 일렀습니다.

"애야, 곰을 크리스마스 트리 밑에 놓아 두렴. 안 그러면 곰이 너를 짓밟을지도 모른단다."

그래서 곰은 혼자 크리스마스 트리 밑에 있게 되었습니다. 그 날 밤, 곰은 낮에 꼬마와 놀던 일보다 더 많은 일들을 겪게 되었습니다. 조금 전까지만 해도 집에 불이 켜져 있었지만 갑자기 캄캄해지더니 달빛만 비쳤습니다. 곰은 제자리에 우두커니 앉아 움직이지도 못하고 있었습니다.

사방이 조용해지고 방 안이 아늑해지자, 쥐 한 마리가 찬장 뒤에서 기어 나왔습니다. 찬장 바닥 밑에 쥐구멍이 있었는데, 그것이 쥐들의 집 대문이고, 부엌 바닥 밑에 그들의 거실이 있었습니다. 쥐

는 곰 한 마리가 그 곳에 앉아 있는 것을 보고 처음에는 깜짝 놀랐습니다. 그러나 살금살금 다가가도 곰이 가만히 있자, 곰에게 말을 걸었습니다.

"여보세요, 당신은 누구세요?"

곰은 아무 말도 하지 않고 쥐를 빤히 쳐다보았습니다.

"당신도 우리 집에 사나요?"

쥐가 또 물었습니다.

"나는 오래 전부터 여기 살고 있습니다. 자식이 일곱이고, 남편도 있고, 할아버지와 할머니도 같이 산답니다. 그런데 당신같이 이상한 이는 내 평생 한 번도 본 적이 없어요. 도대체 당신은 누구시죠?"

곰도 대답을 하고 싶었지만, 누가 자기 배를 눌러 줘야 말을 할 수 있었습니다. 그래서 곰은 아무 말도 못 하고 쥐를 바라보고만 있었습니다.

쥐는 곰한테 조금 더 가까이 다가갔습니다.

"우리는 크리스마스 파티를 열려고 해요. 당신도 파티를 열고 싶지요? 그렇지요? 이봐요, 말을 좀 해 봐요. 당신은 도대체 말을 할 수 없나요?"

쥐는 안타깝다는 듯이 곰의 배를 밀었습니다. 그러자 곰이 갑자기 '야아!' 하고 말했습니다. 그 말은 꼭 투덜거리는 소리 같아서, 쥐는 재빨리 자기 남편에게 달려가서 외쳤습니다.

"어서 이리 좀 나와 봐요! 저 위 방 안에 엄청난 녀석이 앉아 있어요. 그 자는 말도 안 하고 꼼짝도 하지 않는데, 그래도 말은 할 수 있나 봐요."

남편 쥐는 얼른 아내 쥐를 따라 달려왔습니다.

남편 쥐는 보고 들은 게 많은, 경험 많고 예절을
아는 쥐였습니다. 그래서 그는 곰 앞에 가서 모자
를 벗고 예의바르게 물었습니다.
　"여보세요! 당신은 누구십니까? 어떻게 여기 오
셨고, 무슨 볼일이 있지요?"

곰은 아무 말도 하지 않았습니다. 그러자 남편 쥐는 곰 가까이 다가가서 양 손을 허리에 얹고 꾸짖었습니다.

"이게 무슨 버릇이오, 응? 당신은 이 멋진 집에 들어와 있으면서, 누가 물으면 대답을 해야 할 것 아니오. 그렇지 않소?"

그러면서 남편 쥐는 곰의 배를 밀었습니다. 그러자 곰이 갑자기 '야아!' 하고 소리를 냈습니다. 그 바람에 남편 쥐는 깜짝 놀라 멈칫하며 몇 발자국 뒤로 물러섰습니다.

아내 쥐가 남편 쥐의 꼬리를 잡아당기며 근심스럽게 물었습니다.

"이게 뭐지요?"

"나도 모르겠어. 황소는 아니고… 그렇다면 뿔이 있을 텐데. 나도 잘 모르겠는걸!"

두 쥐는 할아버지쥐에게 달려갔습니다. 할아버지쥐는 얼룩덜룩한 잠옷을 입고, 입에 파이프를 물고 소파에 앉아 있었습니다. 할아버지쥐는 나이가 많았지만 하루 종일 담배 피우기를 즐겼습니다. 쥐 부부가 저 위에 무례한 녀석이 앉아 있는데 꼼짝도 하지 않는다고 말하자, 할아버지쥐는 입에서 파이프를 떼면서 말했습니다.

"어디 한번 가 볼까? 어떤 녀석인지 내가 혼을 내 줘야겠다!"

할아버지쥐는 아들쥐 부부를 따라 용감하게 곰 앞으로 가까이 다가갔습니다. 아들과 며느리 쥐는 겁이 나서 뒤로 물러서 있었습니다.

"어이, 이봐. 자네 누구지? 자네 달릴 수 있나? 헤엄칠 수 있나? 아니면 하늘을 날 수는 있어? 뭔가 배우기는 배웠겠지, 아마. 그렇지 않나?"

그래도 곰은 역시 꼼짝 않고 아무 말도 하지 않았습니다.

할아버지쥐가 소리쳤습니다.

"귀가 먹었나? 나는 할아버지야. 나한테는 손자들이 156마리나 있어. 하지만 너 같은 녀석은 내 평생 처음 보는구나! 네가 이 집에서 원하는 게 뭐냐? 너, 혹시 여기서 비곗살이나 다른 맛있는 걸 훔쳐 먹을 궁리를 하는 건 아니겠지? 나는 내가 살기 싫을 때까지 이 집에서 살 거야. 위층은 내가 세를 주었어. 나한테 너무 넓기 때문이지. 위층에서 세를 사는 자들은 아주 얌전한 친구들이지. 자, 어디 네 마음대로 해 봐. 알겠어?"

그래도 곰은 계속 아무 말도 하지 않고 할아버지쥐를 재미있다는 듯이 쳐다보았습니다. 그러자 할

아버지쥐는 화가 치밀었습니다.

"어서 빨리 꺼져! 평생 여기 그렇게 주저앉아 있을 테야?"

할아버지쥐는 들고 있던 긴 파이프로 곰을 거칠게 밀었습니다.

"아아!"

곰이 소리를 냈습니다.

할아버지쥐가 질겁하며 뒷걸음질을 쳤습니다. 할아버지쥐는 뾰족하게 생긴 모자를 벗고 이마에 솟은 땀을 훔쳤습니다.

"가서 할멈을 데려와! 할멈은 나보다 더 아는 게 많으니까. 할멈은 어떻게 해야 할지를 알 거야."

할머니쥐가 얼룩덜룩한 무릎 싸개를 걷어 놓고 허둥지둥 달려왔습니다. 할머니쥐는 한참 동안 곰을 바라보더니, 머리를 절레절레 흔들면서 말했습니다.

"이 자는 몸이 뻣뻣하게 굳었어. 구제 불능이야. 그렇지만 나한테 약이 몇 방울 있지. 그걸 한번 줘 봐야겠어. 그럼 혹시 이 자의 다리가 고쳐질지 모르겠구나."

그러면서 할머니쥐는 깊숙한 굴 속에서 호두 껍데기에 들어 있는 갈색 물약을 가지고 나왔습니다. 할머니쥐는 그 물약을 자기 증조 할머니한테서 유산으로 물려받았습니다. 그 물약은 다 죽어 가는 두더지까지도 다시 살릴 만큼 효과가 뛰어난 약이었습니다.

할머니쥐는 호두 껍데기에 담긴 물약을 호두 껍데기째로 들고 조심스레 곰에게 다가가서, 곰 입에 세 방울을 떨어뜨려 주었습니다.

곰이 그 물약을 삼키자마자 곰의 눈동자가 움직

였습니다. 그러자 곰은 곧 팔다리를 움직이며 달릴
수 있었습니다. 진짜 살아 있는 곰으로 변한 것입
니다.

　쥐들은 처음에는 몹시 무서워했습니다.
그러나 곰은 쥐들을 해치지 않았고,
쥐들이 배꼽을 잡고 웃으리만큼
두 다리를 우스꽝스럽게 껑충거렸습니다.

　이윽고 할아버지쥐가 말했습니다.

　"자, 이제 말해. 네가 누구지?"

　"나? 난 네가 보다시피 곰이야!"

　곰이 빙긋 웃었습니다.

　"곰이라고? 그게 뭔데?"

　할아버지쥐가 또 물어 보았습니다. 그러자 할머
니쥐가 그를 옆으로 밀었습니다.

　"곰이 곰이지 뭐요. 영감은 그것도 몰라요? 이

곰이 크면, 코를 뚫어 둥근 고리를 끼우고 춤을 추게 한다오."

그러나 곰은 아직 아무것도 모른 채, 양탄자 위에서 이리저리 뒹굴고, 쥐들이 우스워 죽으려고 하는데도 공중제비를 넘었습니다.

모두들 곰을 보며 즐거워했습니다.

"자, 네가 이렇게 착하니, 너도 우리하고 크리스마스를 즐겁게 보내자. 내가 얼른 아이들을 위해 음식을 차릴게."

엄마쥐가 이렇게 말했습니다. 엄마쥐는 크리스마스 트리 밑에 부엌에서 훔친 일곱 개의 사탕을 펴

놓고, 그 사탕 위에 초콜릿 부스러기를 뿌렸습니다. 그러자 할아버지쥐가 직접 찬장으로 들어가서 구운 고깃덩어리를 날라 왔습니다.

"크리스마스에는 구운 고기를 먹어야 제격이야.

그래야 초라한 식탁이 안 되지."

할아버지쥐가 말했습니다

곧 일곱 마리 어린 생쥐들이 나타났습니다. 곰이 공중제비를 넘자 생쥐들은 깔깔거렸습니다. 그들은 음식이 차려져 있는 것을 보고 너무 기뻐 어쩔 줄을 몰라했습니다. 모두들 양탄자 위에 앉아 크리스마스 음식을 먹었습니다.

음식을 먹고 나자 할아버지는 다시 파이프 담배를 피우며 곰에게 말했습니다.

"네가 이렇게 재미있는 녀석인 줄 몰랐어. 그런데 너는 나이가 많은 것 같구나, 나보다도 몸집이 세 배나 큰 걸 보니……."

곰은 자기가 아주 어리고, 금방 태어났다고 말해 주었습니다. 모두들 곰이 하는 말을 믿지 않았습니다. 다만 할머니쥐만이 고개를 끄덕였습니다. 할머

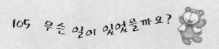

니쥐는 모든 것을 알고 있었기 때문입니다.

"너, 우리랑 같이 살자. 내가 방세를 많이 달라고 하지 않을게. 그 대신 우리 손자들하고 잘 놀아 다오. 자, 이제 한 번 더 우리가 보는 앞에서 춤을 춰 보렴!"

"같이 춤출 상대가 없는 것도 아닌데……. 혼자 춤을 추면 무슨 재미가 있나요?"

곰이 시무룩한 표정을 지었습니다.

"좋아. 그럼 나하고 같이 추자. 혹시 너, 내가 춤을 못 출까 봐 그러니?"

할머니쥐가 앞으로 나섰습니다. 곰이 할머니쥐와 손을 잡고 두 바퀴를 돌자, 벌써 할머니쥐는 어지러웠습니다.

"아이고, 어지러워. 너는 시골뜨기구나. 우리 같은 숙녀는 너한테는 너무 멋진 상대야. 넌 너랑

비슷한 시골뜨기랑 춤을 춰야 어울리겠어."

할머니쥐가 곰에게 눈을 흘겼습니다. 할머니쥐는
옆을 둘러보았습니다. 크리스마스 트리 밑에, 납으
로 만든 장난감 군인 중대장이 서 있었습니다.

"안 돼. 저 녀석은 너무 뻣뻣해. 그리고 저 꼭두
각시는 너무 키가 크고 동작이 굼떠 보여. 저기
사람 모양처럼 생긴 과자가 있구나. 단추를 진짜
아몬드로 만든 거로구나. 저걸 내가 가져야겠어.

저기 동화 속에 나오는, 과자로 만든 장난감 집 앞에 부인도 한 명 서 있군. 곰아, 너 저 부인과 춤출래?"

"싫어요! 저건 마녀예요."

곰은 고개를 저으며 싫다고 했습니다. 곰은 그 과자 인형 마녀와 춤을 추려고 하지 않았습니다.

"그럼 공주님께 물어 봐야겠군."

할머니쥐는 커다란 인형의 집이 놓여 있는 구석으로 가서, 하나밖에 없는 노란 이빨로 인형의 집의 비단 커튼을 열어 젖혔습니다.

인형의 집 안에는 천장이 달린 침대에 너무나 아름다운 공주가 잠을 자고 있었습니다. 그녀의 모습이 너무나 아름다워, 곰은 가슴이 두근거렸습니다. 공주의 두 볼은 사과처럼 빨갛고 남실거리는 머리카락은 금발이었습니다. 곰은 그런 예쁜 여자를 본

적이 없었습니다.

곰은 당장 공주를 깨우고 싶었지만, 그녀의 침대 앞에는 구부정한 칼을 찬 검은 흑인이 이를 드러내고 지키고 있었습니다. 곰은 될 대로 되라 하고 용기를 내어, 칼을 들고 있는 흑인 앞으로 다가갔습니다. 만약 그 때 할머니쥐가 쏜살같이 달려가서 흑인 파수꾼의 다리를 물지 않았다면, 어떤 일이 벌어졌을지 모를 일이었습니다.

그 바람에 흑인 파수꾼이 놀라서 칼을 떨어뜨리고 침대 밑으로 숨어 버렸습니다.

시끄러운 소리에 놀라 공주가 눈을 떴습니다. 공주는 침대 앞에 곰이 있는 걸 보고 여간 놀라지 않았습니다.

그러나 할머니쥐는 공주의 귀에 입을 갖다 대고, 곰이 공주와 춤을 추고 싶어하는 요술에 걸린 왕자

파수꾼 : 경계하여 지켜 보는 사람.

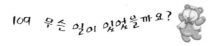

라고 속삭였습니다.

공주는 춤이라면 밥 먹는 것도 잊을 정도로 좋아
하는데, 더욱이 요술에 걸린 왕자와 함께라면 매일
이라도 출 수 있을 것 같았습니다. 그래서 공주는
당장에 침대에서 일어나, 상냥하게 몸을 앞으로 숙
였습니다

곰은 조심스럽게 자기 팔을 공주의 허리에 감았
습니다.

그러자 공주가 예쁘고 가냘픈 손가락을 머뭇거리
며 곰의 어깨에 올려놓았습니다.

남편 쥐가 장난감 시계에 태엽을 감았습니다. 장
난감 시계가 똑딱거리며 반주를 맞추자, 공주와 곰
은 멋지게 춤을 추었습니다. 그 모습을 구경하는
생쥐들은 신이 나서 찍찍거렸습니다.

만약 납으로 만든 장난감 군인 중대장이 자기 상

자에서 기어 나오지만 않았다면, 정말 모든 게 멋지고 신났을 것입니다. 그 중대장은 공주에게 반해 어제 그녀에게 청혼을 했는데 공주가 허락하지 않았습니다. 그런데 공주가 곰과 춤을 추는 것을 보자 분통이 터졌습니다.

중대장은 발을 구르며 군인들을 모두 깨웠습니다. 중대장은 군인들에게 칼을 빼 들고 달려가 곰을 죽이고 공주를 빼앗아 오라고 명령했습니다.

그러나 곰과 공주는 남을 알아보지도 못하리만큼 신나게 춤을 추고 있었습니다. 작은 생쥐들은 놀라 소리를 지르며 뿔뿔이 흩어져 어디론가 숨어 버렸습니다. 할아버지쥐도 파이프를 떨어뜨렸고, 아내 쥐도 겁이 나서 자기 남편의 목을 끌어안았습니다. 할머니쥐만이 이제 어떻게 해야 할지 알고 있었습니다. 할머니쥐는 얼른 식탁 위로 기어 올라가서,

호두까기 인형에게 곰을 도와 주면 개암 세 개를
주겠다고 속삭였습니다. 그러자 두말하지 않고 호
두까기 인형은 식탁에서 중대장 앞으로 뛰어내려가
화난 얼굴로 입을 쩍 벌렸습니다. 호두까기 인형은
집게 모양이었습니다.

중대장은 흑인 파수꾼에게 도와 달라고 외쳤습니
다. 흑인 파수꾼이 침대 밑에서 기어 나와 칼을 들
고 절룩거리며 다가왔습니다. 이어 중대장은 헐레
벌떡 손과 발로 닥치는 대로 부수는 꼭두각시를 불
렀습니다. 그 다음 마녀도 빗자루를 들고 나타났는
데, 마녀는 누구하고나 싸울 듯이 고약한 표정을
짓고 있었습니다.

"으악!"

가련한 공주는 비명을 지르며 금세 기절해 버렸
습니다. 무슨 일이 벌어질지, 공주는 차라리 그 광

경을 보지 않는 게 나았습니다.

중대장과 군인들, 그리고 흑인 파수꾼과 꼭두각시, 마녀 들이 모두 한꺼번에 곰에게 달려들었습니다. 곰의 편은 호두까기 인형과 할머니쥐뿐이었습니다.

격렬한 싸움판 한가운데에서 할머니쥐는 지금 막 곰을 갈기려는 꼭두각시 뒤로 기어가서 꼭두각시의 목덜미를 와삭 물어 버렸습니다. 그러자 꼭두각시는 금세 고개를 떨어뜨리고 팔다리를 구부리며 쓰러졌습니다.

흑인이 화가 나서 칼을 휘둘렀지만, 곰은 털이 많아 칼에 찔리지 않았습니다. 그 대신 자기의 억센 팔로 흑인을 껴안고 있는 힘껏 으르렁거리자 흑인은 놀라 몸을 뒤로 젖히고 자빠져 버렸습니다. 그런 다음에 곰은 마녀를 붙잡아, 보지도 듣지도

못할 때까지 이리저리 흔들었습니다.

만약 곰에게 호두까기 인형이 없었더라면, 그렇게 용감하게 싸우지는 못했을 것입니다. 호두까기 인형은 자기의 힘세고 커다란 입을 쩍 벌리더니 중대장의 머리를 '와삭' 하고 깨물어 버렸습니다. 그러자 그의 부하 군인들은 겁을 먹었습니다. 그들은 그처럼 무서운 호두까기 인형을 처음 보았기 때문에 무기를 버리고 용서를 빌었습니다.

흑인도 마녀도 용서를 빌었습니다. 만약 호두까기 인형이 계속 싸운다면, 그들도 틀림없이 호두까기 인형의 입에 깨물려 살아 남지 못할 게 뻔했습니다. 마녀는 동화 속에 나오는 과자로 만든 자기 집에서 개암을 날라 와 호두까기 인형에게 바치고는, 싸웠던 장소를 비로 말끔하게 청소했습니다.

마침내 곰은 아직도 기절한 채 양탄자에 쓰러져

있는 공주를 다시 보게 되었습니다. 할머니쥐가 자기 호두 껍데기 속에 든 물약을 공주의 입에 떨어뜨려 주었습니다.

그러자 공주는 스르르 눈을 뜨고 정신을 차렸습니다.

고약한 중대장이 죽어 있고, 다른 자들도 모두 물리친 걸 보고, 공주는 너무나 기뻐 곰을 껴안고 입을 맞췄습니다.

그런데 정말 기적이 일어났습니다. 어린 곰이 정말 요술에 걸렸습니다. 공주가 곰에게 입을 맞추자마자, 곰의 갈색 털이 벗겨지고 그 자리에 진짜 왕자가 나타났습니다.

"거 봐, 내가 없었더라면 어쩔 뻔했어?"

할머니쥐가 자랑스럽게 말했습니다.

공주와 왕자는 결혼식을 올렸습니다.

결혼식 잔치가 벌어졌습니다. 모든 쥐 식구들과
호두까기 인형도 함께 즐겼습니다. 잔치는 밤새도
록 계속되었습니다.

호두까기 인형은 너무나 많은 호두를 깨물다 지쳐서, 호두 껍데기 틈에 쓰러져 잠이 들었습니다.

그런데 아침이 되자, 왕자는 다시 곰으로 변해 밤새도록 거기 앉아 있었던 것처럼 크리스마스 트리 밑에 앉아 있었습니다.

어머니가 방에서 나오다 깜짝 놀라며 눈을 동그랗게 떴습니다.

"하느님 맙소사! 이 무슨 꼴이람!"

호두까기 인형은 식탁 밑에 떨어져 있고, 장난감 중대장은 목이 달아나고, 꼭두각시는 잘라져 있었습니다. 또 동화 속에 나오는, 과자로 만든 호두는 다 없어지고 사람 모양처럼 생긴 과자의 윗옷에는 아몬드 단추가 떨어져 나가고 없었습니다.

"밤새 여기 쥐들이 다녀간 모양이구나!"

어머니가 중얼거렸습니다.

 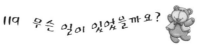

'그래요. 쥐들이 다녀갔어요. 그것말고도 밤에 무슨 일이 있었는지 모르지요?'

조그만 곰이 혼잣말로 중얼거렸습니다. 그런 다음, 곰은 공주가 잠들어 있는 커튼 쪽을 다정스러운 눈빛으로 바라보았습니다.

오늘도 밤이 되면 곰은 왕자로 변해 공주와 춤을 출 작정이었습니다. 공주와 춤을 춘 일은 곰이 겪은 일 중에서 가장 멋진 일이었습니다.

그러나 여전히 사람들은 크리스마스 트리 앞에 앉아 있는 곰이 무슨 생각을 하고 있는지 알 리가 없었습니다.

도루묵이 된 부부의 소원

어느 마을에 젊은 한스 부부가 오손도손 잘 살고 있었습니다. 큰 불만이 없는 그들 부부에게도 단 한 가지 아쉬움이 있었는데, 그건 사실 어느 사람의 마음 속에나 다 있는 그런 것이었습니다.

'한 번밖에 못 사는 인생, 좀더 떵떵거리고 잘 살아 보았으면……!'

이런 바람 때문에 숱한 어리석은 욕심들이 생겨나는 법입니다.

도루묵 : 도루묵의 본디 이름은 목어입니다. 이 생선을 처음 먹어 본 조선의 어느 임금이 하도 맛이 좋아 신하에게 생선의 이름을 물어 보니 묵어(목어)라고 대답했습니다. 임금은 이렇게 맛있는 생선에 어울리지 않는 이름이라며 은어라는 이름을 붙여 주었습니다. 그러나 몇 년 뒤 다시 생선을 먹어 본 임금은 맛이 없다며 도로 묵어라고 이름을 고치라고 했답니다. 이 때부터 '바뀌었던 것이 본래대로 돌아가는 것'을 도루묵이라고 일컫게 되었대요.

한스 부부도 다른 사람들과 다르지 않았습니다.

"여보, 저 건너 슐츠 씨네 기름진 논밭이 우리 것이라면 얼마나 행복할까?"

"그럼 더 바랄 것이 없겠지요."

그러나 그 소원은 또 금세 다른 소원으로 바뀌었습니다.

"여보, 가이거 씨네만큼 돈이 있으면 참 좋겠지?"

"아유, 그럼 여기가 천국이지 뭐유."

소원은 풍선처럼 점점 더 커지기만 했습니다.

"하인리히 씨네 집과 정원은 그림처럼 멋진데……."

"그 댁의 가축들은 또 얼마나 튼튼하다고요!"

"그 가축들이 다 우리 것이라면 밥을 안 먹어도 행복할 것 같아."

"나는 멋진 집이 없어도 좋으니까 돈이나 많이 있었으면 좋겠어요."

한스 부부는 한참 동안을 뭐가 갖고 싶다, 뭐가 갖고 싶다 하고 주고받다가 다음 날 일찍 일하러 가기 위해서 잠을 청하곤 했습니다. 그리고 잠이 들어서는 또 꿈 속에서 돈벼락을 맞게 해 달라고 비는 것이었습니다.

그러던 어느 날 저녁, 한스 부부는 일을 모두 마친 다음 난롯가에 앉아서 군고구마를 먹고 있었습니다.

"여보, 돈이 많은 부자들은 이런 고구마 같은 건 먹지도 않을 거야."

"맞아요. 더 고소하고 맛있는 군밤을 먹겠지요?"

"우리는 대체 언제 군밤을 먹어 보았지?"

"명절날 먹어 보고 못 먹었지요, 뭐. 비싸서

먹을 엄두나 낼 수 있나요?"

"돈이 산더미처럼 있다면 정말 사는 게 행복할 텐데……."

그 때 방문으로 노란 옷을 입은 앙증맞게 작은 요정이 들어왔습니다. 키가 한 뼘도 안 되었지만 굉장히 예뻤습니다. 요정이 방 안으로 들어오는 순간, 온 방 안에 알 수 없는 은은한 향기가 가득 찼습니다.

한스 부부는 어리둥절하여 아무 말도 하지 못하고 그저 바라보고만 있었습니다.

요정은 맑은 음성으로 이렇게 말했습니다.

"전 산의 요정이에요. 당신들의 소원 세 가지만 말해 보세요. 그 세 가지 소원을 이루어 드리겠어요."

"네? 정말이세요?"

한스는 너무나 기뻐서 만세를 부르고 싶었습니다.

"딱 세 가지뿐이에요. 일 주일 동안 시간을 줄 테니까 잘 생각해서 말해 보세요."

한스는 아내와 의논을 하고 싶었습니다.

'수십억 원의 돈을 달라고 할까? 임금님이 사는 궁전 같은 집도 필요해. 또, 먹고 살려면 논과 밭도 있어야 하잖아? 무엇부터 달라고 하지?'

한스의 머릿속은 세 가지 소원을 정하기에 바빴습니다. 일단 자기가 먼저 정한 다음, 아내와 의논할 생각이었습니다.

그런데 성질이 급한 한스의 아내가 요정을 향해 무엇을 말할 듯이 입을 벙긋거리는 것이 아닙니까!

한스는 참으라고 팔꿈치로 자기 아내의 팔을 지

그시 눌렀습니다.

  '하잘것없는 금실 앞치마나 술이 달린 모자, 비
단 치마 따위를 요구하면 안 돼!'

  한스의 눈은 아내에게 그렇게 말하고 있었습니
다.

  두 사람의 갈등을 읽었는지 산의 요정이 웃으며
말했습니다.

  "일 주일 동안 잘 궁리해 보고 결정하도록 하
    세요."

  요정이 간 후, 두 사람은 말없이 생각에 잠겨 들
었습니다.

  한스 부부는 마치 구름 위를 거닐고 있는 듯 어
지러우면서도 행복했습니다. 그토록 원하고 바라던
소원을 이루게 해 준다는 사실이 믿어지지 않았습
니다.

다음 날 저녁, 한스 부부는 편안히 난롯가에 앉아서, 밤참으로 먹을 감자를 삶고 있었습니다. 모락모락 올라오는 김을 바라보며 한스는 어떤 소원부터 말해야 좋을지 결정하느라 조바심이 날 정도였습니다.

아내가 다 익은 감자를 냄비에서 꺼내 접시 위에 내려놓자, 구수한 냄새가 온 방 안에 가득 퍼졌습니다.

"여보, 여기 구운 소시지나 하나 있으면……."

무심코 아내의 입에서 나온 소리였습니다. 그런데 이 일을 어쩝니까!

첫번째 소원이 이루어져 버린 것입니다. 번갯불이 번쩍했다 사라지듯 짧은 순간에 첫번째 소원이 이루어지고 말았습니다.

벽난로의 굴뚝을 통해 소시지 하나가 데구루루

굴러떨어져, 잘 익은 감자 위에 떡 올라앉아 있었던 것입니다. 아내가 바란 그대로 이루어졌습니다.

'으이그, 이런 맹추 같은 마누라! 첫번째 소원이 이 따위 시시한 소원으로 사라져 버리다니! 소시지 한 개라니! 궁전을 달라고 할 수도 있었던 귀한 소원을……!'

참으려고 해도 남편의 마음 속에서는 화가 부글부글 끓어 올랐습니다. 세상에 이런 도움이 안 되는 마누라가 또 어디 있겠습니까?

"그놈의 소시지, 당신 코에나 딱 붙으면 좋겠구먼!"

끝내 화를 삭일 수 없었던 남편의 입에서 마침내 한 마디가 튀어나왔습니다.

그러자 그 소원 역시 즉시 이루어졌습니다. 말이 떨어지기도 전에 소시지는 아내의 코에 철썩 붙어

버렸으니까요.

"여보! 당신 왜 이래요?"

아내가 기겁을 하며 소리쳤습니다.

'아차! 내가 실수했구나! 조금만 참을걸! 요 입이
방정이지!'

남편은 이제 아내에게 큰소리칠 처지가 아니었습니다. 아내 한 번, 남편 한 번, 똑같이 실수를 한 셈이니까요.

한스 부부의 고민은 대단했습니다. 아직 한 가지 소원이 남아 있으니까, 그것으로 어마어마한 큰 돈을 구할 수는 있을 것입니다. 그런데 제아무리 부귀 영화를 누린다고 해도, 아내의 얼굴에 구운 소시지가 붙어 있어서야 어찌 사람들 앞에 떳떳이 나설 수 있겠습니까!

한스 부부는 머리를 맞대고 생각에 생각을 해 보았지만 다른 방법이 없었습니다. 그래서 괴로운 마음을 누르며 세 번째 소원을 말했습니다.

"요정님, 아내의 얼굴에서 저 구운 소시지가 떨어지게 해 주세요."

세 번째 소원 역시 말이 떨어지는 순간에 이루어

졌습니다.

"여보!"

아내가 시원하다는 표정으로 남편을 바라보았습니다.

한스 부부에게는 아무것도 달라진 것이 없었습니다. 다시는 실수하지 않을 것을 다짐하며 한스 부부는 손꼽아 예쁜 요정을 기다렸지만, 예쁜 요정은 다시는 나타나지 않았답니다.

정말 전쟁은
저렇게
무서운 거구나!

 카 이 저 빌 헬 름 교 회

독일의 수도 베를린에는 사람들의 눈길을 잡아끄는 이상한 교회가 있어요. 1894년 독일의 초대 황제 빌헬름 1세를 기념하기 위해 세운 카이저 빌헬름 교회예요.

이 교회는 제2차 세계 대전 때 크게 부서졌는데, 부서진 채로 그대로 보존하고 있는 참 이상한 교회입니다. 전쟁이 얼마나 무서운지를 사람들에게 알리기 위해서 수리를 하지 않고 망가진 그대로 둔 거래요.

세상에서 가장 긴 이름

주인이 '훠이~'
하고 부르면 모이를
나누어 주는데,
넌 왜 안 가니?

훠이는 내 이름이
아니야. 나한텐
근사한 이름이
어울려.

아침 안개 속에 산 위로 솟아
오르는 태양처럼 아름다운 꼬리,
이게 내 이름이야.

이제부터 그렇게 부르지 않으면 눈을 쪼아 버릴 테야! 꼭 그렇게 불러 줘.

알았어. 꼭 그렇게 부를게.

킬킬킬, 맛있겠다!

으악!

덥석

도와 줘! 날 좀 구해 달라고 고양이에게 가서 말해!

알았어!

고양아, 큰일 났어! 아침 안개 속에 산 위로 솟아오르는 태양처럼 아름다운 꼬리가 여우한테 물려 갔어!

뭐? 아침 안개 어쩌고? 그게 누군데?

공작새의 이름이야. 그렇게 부르지 않으면 눈을 쪼아 버리겠대.

어쨌든 빨리 가 봐!

나는 너무 작아서 여우를 잡을 수 없어. 개한테 부탁해 볼게.

아침 안개 속에 산 위로 솟아오르는 태양처럼 아름다운 꼬리가 여우한테 물려 갔어. 도와 줘!

그게 누군데? 그런 이름은 처음 들어 보는걸.

그렇게 부르지 않으면 공작새가 눈을 쪼아 버리겠대.

나는 눈을 쪼이고 싶지도 않고, 그런 긴 이름을 가진 새는 구하고 싶지도 않아. 하지만 주인님께 부탁은 해 볼게.

주인님, 아침 안개 속에 산 위로 솟아오르는 태양처럼 아름다운 꼬리가 여우한테 물려 갔어요!

누가 여우한테 잡혀 갔다고?

공작새 말예요. 그렇게 부르지 않으면 눈을 쪼아 장님으로 만들어 버린대요.

수수께끼로 돈을 번 사람

아름다운 도시 바젤에서 배 한 척이 막 출발하였습니다. 아주 편리하고 쾌적한 시설을 갖춘 배는 열한 명의 손님을 태우고 라인 강을 따라 내려가고 있었습니다.

손님 중에는 단정한 옷차림의 유대인 한 사람이 18마르크의 술값을 내는 조건으로 배 한쪽 귀퉁이에 같이 타고 있었습니다.

마르크 : 유로화가 통용되기 이전의 독일의 화폐 단위.

그 유대인이 습관처럼 손으로 자기 호주머니를 툭 치면 동전이 짤랑거리는 소리가 나곤 했습니다. 그런데 사실은 동전들이 맞부딪쳐서 나는 소리가 아니었습니다. 그의 호주머니에는 오직 동전 한 개와 쇠단추 하나뿐이었습니다.

그러나 유대인은 주머니 속에 돈이 없다는 사실을 별로 걱정하지 않았습니다. 그저 배를 타도록 허락해 준 일만을 고맙게 여겼습니다. 그리고 마음속으로 이렇게 생각하는 것이었습니다.

'강 중간쯤에 이르면 뭔가 돈을 좀 벌 일이 생길 테지. 많은 사람들이 라인 강을 오르내리면서 부자가 되었다던데…….'

배가 출발한 지 얼마 안 되었을 때까지는 사람들은 서로 재미있는 이야기도 나누며 즐겁게 지냈습니다. 그러나 유대인은 구석 자리에 앉아 사람들을 바라보고만 있었습니다.

그런데 차츰 배가 멀리 나가자, 여행이 지루해진 승객들이 잇달아 한 사람씩 입을 다물기 시작했습니다. 입이 찢어져라고 하품을 하는 사람도 나오고, 라인 강 하류를 바라보는 사람도 생겼습니다. 그러다가 그 중 한 사람이 유대인에게 말을 붙여 왔습니다.

"이거 보시오, 유대인 양반! 여행이 점점 지루해 지는데, 뭐 좀 재미있게 보낼 일이 없겠소?"

그러자 유대인이 기분 좋은 미소를 지었습니다.

'바로 이 때다! 내가 돈을 좀 벌어들일 시간이라 고!'

유대인은 천천히 그들 앞으로 걸어가면서 점잖은 목소리로 입을 열었습니다.

"그럼 돌아 가면서 수수께끼를 내 보는 게 어떻

겠습니까? 그럼 저도 그 놀이에 한 몫 끼겠습니다."

그 말에 손님들이 다 환영을 하며 반겼습니다.

"수수께끼를 풀지 못하면 수수께끼를 낸 사람에게 동전을 한 개씩을 주기로 합시다. 정답을 맞히면 그 사람이 동전을 갖게 되는 거고요."

"좋소! 당장 시작합시다."

제일 첫번째 사람이 이렇게 물었습니다.

"거인 골리앗이 빈 속에 반숙한 달걀을 몇 개나 먹을 수 있었겠습니까?"

"글쎄요, 잘 모르겠소."

아무도 정답을 맞히지 못해서, 동전 한 개씩을 첫번째 사람에게 물었습니다.

그러나 골똘히 생각하던 유대인이 빙그레 웃으며 말했습니다.

골리앗 : 구약 성서에 나오는, 다윗의 돌에 맞아 죽은 대단한 거인.

"정답은 한 개입니다. 왜냐 하면 누구든지 일단 달걀 한 개를 먹은 다음부터는 빈 속일 수가 없으니까요."

"그, 그건 그렇소."

동전은 모두 유대인 차지가 되었습니다.

두 번째 사람은 속으로 가만히 생각해 보았습니다.

'유대인들은 〈구약 성서〉만 믿고 〈신약 성서〉를 인정하지 않는다지? 그러니까 〈신약 성서〉 속에서 물어 보면 꼼짝 못 할 거야.'

그래서 수수께끼를 냈습니다.

"사도 바울은 왜 두 번째로 고린도에게 보내는 편지를 썼지요?"

그러나 유대인은 곧바로 대답했습니다.

"사도 바울이 고린도에 계시지 않았던 모양이지

바울 : 크리스트교 최초의 전도자.

요. 계셨다면 직접 말씀으로 전했을 게 아니겠소?"

유대인은 또다시 동전을 벌었습니다.

세 번째 사람이 가만히 보니 유대인은 성경을 훤히 알고 있는 듯했습니다. 그래서 다른 방법을 찾기로 하였습니다.

그러나 세 번째, 네 번째 사람들이 낸 수수께끼도 유대인은 어렵잖게 풀어 냈습니다. 유대인의 주머니는 점점 두둑해졌습니다.

수수께끼를 풀어 나가는 동안에 배는 어느 도시 가까이에 이르렀습니다. 그 때 어떤 사람이 '저 곳이 말라카로군.' 하였습니다.

그러자 다섯 번째 사람이 거기에서 힌트를 얻었는지 유대인에게 물었습니다.

"저 곳 사람들은 어느 달에 양식을 제일 적게 먹

말라카 : 동남 아시아의 말레이시아에 있는 항구 도시.

143 수수께끼로 돈을 번 사람

을까요?"

"물론 2월이지요. 2월의 날수가 28일로 일 년 열두 달 중에서 가장 적으니까요."

냉큼 유대인이 또 대답하는 것이었습니다.

이번에는 여섯 번째 사람이 물었습니다.

"친형제 두 사람이 있소. 그런데 그 중 한 사람만이 내 삼촌입니다. 왜 그렇겠소?"

이번에도 유대인은 망설이지 않고 대답했습니다.

"당신의 삼촌은 당신 아버지의 동생이지요. 또 당신의 아버지가 삼촌이 될 수는 없겠고요."

그 때 물고기 한 마리가 공중으로 펄쩍 뛰어올랐습니다. 그러자 일곱 번째 사람이 물었습니다.

"두 눈 사이가 가장 좁은 물고기는 어떤 물고기일까요?"

"제일 작은 물고기입니다."

유대인은 막힘 없이 술술 대답했습니다.

이번에는 여덟 번째 사람이 물었습니다.

"한여름에 베른에서 바젤까지 말을 타고 가는데,
해는 뜨겁게 내리쬐고 있습니다. 어떻게 해야 말
을 타고 그늘로만 갈 수 있을까요?"

유대인은 또 바로 대답하였습니다.

"그늘이 아니면 말에서 내려 걸어가면 되지요."

아홉 번째 사람의 수수께끼도 유대인은 어렵잖게 맞힌 후, 이제 열 번째 사람의 차례가 되었습니다.

"통을 만드는 사람은 왜 늘 통 속으로 미끄러져 들어갈까요?"

"통에 문이 있다면 똑바로 서서 들어가겠지요."

열한 번째 사람이 아직 남아 있었습니다. 그가 유대인을 향하여 물었습니다.

"다섯 사람이 다섯 개의 달걀을 나누어 갖는데, 한 사람이 한 개씩 가지면서도 접시에 한 개를 남겨 놓을 수 있을까요?"

유대인이 대답하였습니다.

"그야 마지막 사람이 달걀을 가질 때 접시째로 가지면 됩니다. 원한다면 언제까지라도 달걀을 접시에 놓아 둘 수 있겠지요."

드디어 유대인 자신의 차례가 되었습니다. 그는 톡톡히 돈벌이를 할 수 있는 기회가 온 것을 마음 속으로 감사했습니다.

유대인은 먼저 공손하게 인사말을 늘어 놓은 다음 수수께끼를 냈습니다.

"두 마리의 숭어를, 어떻게 하면 세 개의 냄비에 다 각각 한 마리씩 얹어 요리할 수 있을까요?"

이 질문에 대답하는 사람은 아무도 없었습니다. 저마다 유대인에게 동전 한 개씩을 내놓으며 말했습니다.

"이제 이겨서 돈을 다 받았으니, 그 수수께끼의 정답을 알려 주시오."

유대인은 곰곰이 생각하는 듯하더니 어깨를 으쓱한 다음, 이렇게 입을 열었습니다.

"저는 가난뱅이 유대인입니다."

"그런 서론이 무슨 소용이 있소? 어서 수수께끼의 답이나 말하시오!"

사람들이 이렇게 몰아붙이자 유대인은 다시 당부를 하는 것이었습니다.

"제발 나쁘게 생각지는 말아 주십시오! 저는 가난한 유대인입니다. 제가 정답을 말할 터인데, 부디 그 답을 나쁘게 생각지 말아 주십시오."

말을 마친 유대인은 자기 주머니 속에서 동전 한 닢을 꺼내 식탁 위에 올려놓았습니다.

"사실은 저도 답을 모른답니다. 그러니 저도 동

서론 : 본론에 들어가기 전에 하는 말. 머리말.

전을 내놓을 수밖에요!"

사람들은 이 말을 듣고는 이건 내기가 될 수 없다고 따졌습니다. 그러자 마지막에 수수께끼를 냈던 신사가 웃으며 말했습니다.

"그래도 그 덕분에 우리가 지루하지 않게 여행했으니 그것으로 만족합시다."

유대인은 지혜로 돈을 벌어서, 뱃사공에게 약속했던 술값도 잘 갚았답니다.

두 발로 걸어오시오

    암스테르담에 한 부자가 살았습니다.

    그는 오전 내내 안락 의자에 푹 기대어 앉아서 게으름을 피우며 유리창 너머를 구경하는 일이 고작이었습니다. 그러다가도 점심때가 되면 정신 없이 먹고 또 먹어 댔습니다. 때때로 그 모습을 본 이웃 사람들은 고개를 갸웃거리며 이상하게 여겼습니다.

암스테르담 : 네덜란드의 수도.

"아니, 하루 종일 저렇게 먹고도 탈이 안 나나?"

"아무리 부자라도 저렇게 먹어 대면 끝내는 빈털터리가 되고 말 거야."

그는 점심 식사 후부터는 더욱 본격적으로 먹기 시작하여, 오후 내내 먹고 마시는 것으로 시간을 보냈습니다.

"에그, 이건 너무 찬걸? 뱃속이 서늘해지니 기분이 안 좋구나. 따뜻한 국물을 좀 마셔야겠다."

아무튼 먹고 있는 음식 그릇이 비기도 전에 부자의 머릿속에는 다음에 먹을 음식이 떠올라 있곤 하였습니다.

"배는 부른데 심심하니까 먹어야겠다."

"단것이 먹고 싶으니 과자를 좀 먹어야지."

"말랑말랑한 것을 만지고 싶으니 갓 구워 낸 빵 좀 사 오너라."

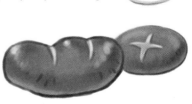

주문은 끝이 없었습니다.

그래서 부자의 점심 식사가 언제 끝났는지, 후식은 언제 시작되는지를 제대로 알 수가 없었습니다. 밤에도 기어이 밤참을 먹고 나서야 잠자리에 들곤 했는데, 그 때쯤이면 너무 먹느라고 지쳐서 마치 하루 종일 노동을 한 사람처럼 온몸이 파김치가 되어 있었습니다.

"에고, 너무 먹어서 피곤해 못 견디겠구나!"

하루하루를 그렇게 지내다 보니 마침내 부자는 어마어마한 뚱보가 되고 말았습니다. 또 움직임이 얼마나 둔한지 보는 사람이 답답해서 가슴이 터질 정도였습니다. 본인이 답답하고 귀찮은 것은 말할 것도 없어서 더더욱 움직이는 것을 싫어하게 되었습니다. 하루 종일 먹고 꼼짝도 하지 않으니 피둥피둥 살만 찔 뿐이었습니다.

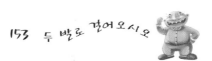

그런데 어느 날인가부터 그의 건강에 이상이 나타났습니다. 몹시 아픈 것도 아니고 아주 건강한 것도 아닌 어정쩡한 상태가 계속되었습니다.

"왜 내 말을 안 믿는 거요? 내가 몹시 아프다니까! 내 병은 날마다 그 증상이 달라진단 말이오. 365가지나 되는 병을 앓고 있으니, 그 고통이 얼마나 끔찍하겠소?"

그의 하소연에 의하면, 날마다 증세가 다른 병을 앓는다는 것이었습니다.

"암스테르담에 사는 이름 있는 의사란 의사는 다 불러 와라. 돈은 얼마든지 준다고 해라."

부자는 가족들에게 명령을 내렸습니다. 그래서 그는 매일 한 줌이나 되는 알약과 한 주전자의 물약과 한 삽이나 되는 가루약을 먹어야만 했습니다.

"저기 '두 발로 걸어다니는 약국'이 간다!"

사람들은 부자를 가리켜 이렇게 놀려 댔습니다.

그러나 그토록 많은 약과 비싼 돈을 들이는 의술
도 아무런 도움이 되지 않았습니다. 왜냐 하면 그
는 의사의 지시에 따르기는커녕 도리어 이렇게 투
덜거리곤 했기 때문입니다.

"쳇! 의사라는 작자가 내 돈을 받고도 나를 건강
하게 만들어 주지 못한다면, 내가 부자라는 게
무슨 소용이람?"

그러던 중 그는 우연히 용한 의사에 관한 소문을
듣게 되었습니다.

"그 의사는 못 고치는 병이 없다고 합니다. 그런
데 그 의사가 사는 곳이 여기서 걸어서 백 시간
이 걸리는 곳이랍니다."

그러나 그 의사는 얼마나 용한지 치료만 잘 받으
면 죽기 직전의 위급한 환자까지도 살아난다고 했

의술 : 병을 고치는 기술.

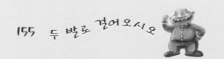

습니다.

　'호, 정말 뛰어난 의사가 아닐 수 없구나! 그 의사를 만나고 싶다.'

　그래서 부자는 그 의사에게 자기의 증세를 편지로 써서 보내며, 꼭 치료를 받고 싶다는 뜻을 알렸습니다. 자기가 부자라는 사실도 몇 번이나 강조해서 썼습니다.

　부자의 편지를 본 의사는 부자의 병을 금세 진단했습니다.

　'흠! 이 병은 의술로 고칠 수 있는 게 아니지. 절제 있는 생활과 규칙적인 운동으로 고칠 수 있는 병인걸!'

　빙긋 웃으며 의사는 그 부자에게 다음과 같은 짤막한 편지를 써 보냈습니다.

절제 : 정도에 넘지 않도록 알맞게 삼감.

세계 교과서 동화

환자분은 지금 아주 위험한 병을 앓고 있습니다. 그러나 내 지시를 철저히 따르기만 한다면 나을 수도 있지요. 그대는 뱃속에 아주 고약한 구렁이를 키우고 있습니다. 내가 직접 보지 않고서는 치료를 할 수 없으니, 한시바삐 이 곳으로 오십시오.

그러나 주의할 점이 있습니다. 첫째, 환자가 두 발로 걸어와야만 합니다. 둘째, 그대는 하루에 두 번 채소를 한 접시씩 먹어야 합니다. 점심때는 구운 소시지를 한 개, 밤에는 달걀 한 개, 그리고 아침 식사로는 약간의 채소를 썰어 넣은 생선국 한 그릇만 먹도록 하십시오. 그 이상 먹는다면, 뱃속의 구렁이가 살이 쪄서 그대의 간을 짓누르게 됩니다. 그러면 당신은 당장 죽게 될 겁니다.

이상이 나의 처방입니다. 당신이 즉시 내 처방에 따르지 않는다면, 단 며칠도 더 살 수 없을 것입니다.

부자는 편지를 읽고 곧장 걸어서 길을 떠났습니다. 첫날은 달팽이라도 부자보다는 더 빨리 걸을 수 있을 정도로 느릿느릿 걸었습니다.

그러나 둘째, 셋째 날이 되자 새들의 노랫소리가 귀에 들려 오기 시작했습니다.

'허 참! 새들이 우는 소리가 이렇게 고왔단 말인가!'

또 풀잎의 이슬과 들판의 들꽃들이 그토록 신선하게 보일 수가 없었습니다. 도중에 마주치는 모든 사람들도 참으로 다정하게 보였습니다.

시간이 흘러서 드디어 18일째 되는 날 부자는

의사가 사는 도시에 도착하였습니다. 그런데 다음
날 아침 의사에게 가려고 일어났을 때, 그는 스스
로 너무 건강하고 튼튼하게 느껴져 이렇게 투덜거
릴 지경이었습니다.

　'의사에게 갈 사람이 이렇게 튼튼해도 되는 건
가? 어디라도 이상이 있어야 할 텐데…….'

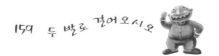

그래도 일단 도시까지 왔으니 부자는 의사를 찾아갔습니다.

의사는 반가워하며 맞아 주었습니다.

"당신 몸의 어디가 잘못되었는지 자세히 말씀해 보시지요."

그러자 부자가 어색하게 웃으며 말했습니다.

"그런데… 의사 선생님, 저는 멀쩡합니다. 선생님께서도 저만큼만 건강하시다면 기쁘겠습니다."

그러자 의사가 기뻐하면서 말했습니다.

"당신이 내 처방을 잘 따른 것은 하느님께서 도우신 겁니다. 뱃속의 구렁이는 죽었지만, 아직도 당신의 몸에는 구렁이의 알이 남아 있소. 그러니 당신은 다시 걸어서 집으로 돌아가야 합니다. 그리고 집에서 남몰래 부지런히 몸을 움직이시오. 장작도 패고, 물도 긷고, 청소도 하십시오. 일하

는 것이 부끄러우면 남몰래 숨어서 하십시오. 가장 중요한 것은 구렁이 알이 깨지 않도록 배부르게 먹지 말아야 한다는 점입니다. 배고픈 것만 면할 정도로 적게 먹도록 하시오. 그러면 건강하게 오래오래 살게 될 것이오."

의사의 말에 부자가 절을 하면서 말했습니다.

"선생님은 진짜 훌륭한 의사이십니다. 선생님의 말씀대로 다 지키겠습니다."

부자는 그 후 의사의 충고대로 생활하여 여든일곱하고도 석 달 열흘 동안을 건강하게 살았다고 합니다. 그리고 해가 바뀔 때마다 그 의사에게 고마움의 표시로 선물을 보내는 것을 잊지 않았다고 합니다.

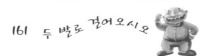

어처구니없는 도둑

델프리더는 나라 안에서 모르는 사람이 없을 정도로 유명한 도둑이었습니다. 온갖 도둑질이라는 도둑질은 다 해 본 터라 도둑질에 싫증이 날 정도였습니다.

그는 가난해서 도둑질을 한다든가, 재산을 모아 부자가 되고 싶다거나, 술을 마시고 도박을 하기 위해서 돈을 훔치는 것이 아니었습니다.

다만 자기의 도둑질하는 기술을 즐기고, 또 자신의 두뇌를 갈고 닦기 위해서 도둑질을 하곤 했습니다. 정말 이상한 도둑이었지요.

어느 날 저녁, 델프리더는 이런 이상한 궁리를 하였습니다.

'이번에는 내가 어느만큼 정직하게 견뎌 낼 수 있는지 시험해 보고 싶구나.'

그래서 그 날 밤 당장에 순찰대에서 겨우 몇 걸음 떨어진 곳에서 산양 한 마리를 훔치고는 일부러 붙들렸습니다.

델프리더는 그 다음 날 심문을 받을 때 모든 일을 털어놓았습니다. 그러나 재판관이 자기의 죄를 하찮게 여겨 겨우 근신 정도의 벌만 주려는 것을 눈치채자 델프리더는 생각했습니다.

'나는 아직 충분히 정직하지 못해.'

심문 : 자세히 따져서 물음.
근신 : 일정한 동안 출근·등교·업무 등을 하지 않고 말이나 행동을 조심함.

그래서 그는 일부러 수사하는 도중에 수사관에게 따지고 대드는 등 소란을 피우고 반항도 하는 척하다가 이렇게까지 말했습니다.

　"실은 저는 좀도둑이 아닙니다. 제법 큰 죄를 저지른 큰 도둑입니다. 낮보다는 밤에 물건을 더 잘 훔치는 명도둑이었습니다."

　"그럼 최근에 일어난 몇 가지 절도 행위에 대해 아는 바가 있소?"

　수사관이 이렇게 물었을 때, 델프리더는 선뜻 대답했습니다.

　"그럼요! 잘 알고 있고말고요! 제가 바로 그 장본인이니까요!"

　재판관은 델프리더를 형무소로 보내지 않을 수 없었습니다. 그를 형무소까지 데려갈 수비병이 문 앞에서 기다리고 있었습니다. 형무소는 20시간이

장본인 : 나쁜 짓을 빚어 낸 바로 그 사람.

나 걸어가야만 하는 먼 거리에 있었습니다. 델프리더는 수비병에게 몹시 후회하는 듯한 목소리로 말했습니다.

"후회가 됩니다. 그래도 저지른 짓에 대한 벌은 마땅히 받아야지요."

길을 가는 도중에 델프리더는 수비병에게 말을 붙였습니다.

"나도 6년 동안이나 보병대에서 군대 생활을 했다오. 내가 요제프 황제군이 네덜란드 군과 싸웠던 전투에서 받은 상처를 보여 드릴까요?"

그러자 그 순박한 수비병이 말했습니다.

"나는 그저 못이나 만드는 대장장이였거든. 그런데 세월이 안 좋아서……."

"아니에요, 저보다 훌륭한 분이십니다. 시의 수비병이 야전병보다 더 훌륭하지요. 시의 수비병

보병대 : 총을 가자고 걸어서 전투하는 군인들로 이루어진 부대.

은 시민의 생명과 재산을 지켜 주잖습니까? 자신의 아내와 자식들도 지켜 주고요. 우리 같은 전투병들은 찔려 죽어야 명예롭다고나 할까요. 이건 괜히 하는 소리가 아닙니다."

델프리더가 진지한 표정으로 말했습니다. 이렇게 자기를 칭찬해 주자, 그 대장장이 출신의 수비병은 매우 감동하여 이렇게 생각했습니다.

'이처럼 착한 죄수가 다 있다니……'

그런데 델프리더는 수비병이 지치도록 성큼성큼 앞장 서서 걸었습니다.

오후 4시쯤 작은 마을에 도착하여 한 주막집 앞을 지나게 되었을 때 델프리더가 말했습니다.

"전우여, 우리 딱 한 잔씩만 마실까요?"

그러자 수비병도 스스럼없이 고개를 끄덕였습니다.

"그럽시다, 동지. 당신만 좋다면 나도 좋소."

전우 : 전쟁터에서 한편이 되어 싸우는 벗.

이렇게 해서 그들은 한 잔씩 마셨습니다. 그런데 이어서 한 잔, 또 한 잔……. 그러다가 아주 취해 버렸습니다. 결국 수비병은 독한 술기운과 피로감을 이기지 못해 잠에 곯아떨어지고 말았습니다.

몇 시간 후에 수비병이 깨어 보니 델프리더가 보이지 않았습니다. 그러자 제일 먼저 '이걸 어쩌지? 이놈의 형제인가 동지인가 하는 녀석이 혼자 도망가 버렸구나.' 하는 생각이 떠올랐습니다. 그런데 그는 바로 몇 발짝 앞의 문 밖에 서 있었습니다. 델프리더는 결코 빈손으로 가는 사람이 아니었으니까요.

"형님, 차라리 여기서 하룻밤 지내도록 하지요."

델프리더의 말에 대장장이 출신 수비병은 잔뜩 잠에 취해 이렇게 소리쳤습니다.

"아우님 좋을 대로 합시다!"

어처구니없는 도둑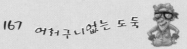

델프리더는 수비병이 하도 요란하게 코를 골아서 한밤중까지 잠을 이룰 수 없었습니다. 그래서 그는 잠자리에서 일어나 심심풀이로 수비병의 호주머니를 뒤져 보았습니다. 그 속에서 자기를 호송하여 형무소장에게 보낸다는 공문서를 발견했습니다. 그는 또 심심풀이로 그 잠든 수비병의 새로 지어 신은 듯한 군인용 장화를 신어 보았습니다. 장화는 딱 맞았습니다. 다음에 그래도 심심하여, 심심풀이로 유리창을 넘어 골목으로 뛰어내려 길을 따라 계속 걸어갔습니다.

이튿날 아침 수비병이 깨어나 보니, 델프리더가 보이지 않았습니다.

'잠시 바깥에 나간 모양이군.'

순진한 수비병은 이렇게 생각했습니다.

물론 델프리더가 잠시 바깥으로 나간 것은 사실

공문서 : 나라에서 작성한 문서.

어처구니없는 도둑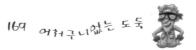

이었습니다. 심심해서 심심풀이로 걷고 걷다가 날이 새자 처음 나타난 마을로 들어가서는 면장을 깨웠습니다.

"면장 어른, 저는 죄수입니다. 그런데 저를 호송하고 가던 수비병이 행방 불명이 되었지 뭡니까. 저는 형무소로 가는 길도 모르고, 돈도 한 푼 없답니다. 그러니 공금으로 제게 식사를 마련해 주시고, 형무소로 갈 수 있도록 안내원을 하나 붙여 주셔야겠습니다."

델프리더의 이야기를 들은 면장은 증명서를 써 주었습니다. 공공 주막에서 밀가루 수프와 포도주 한 잔을 내주라는 지불 증명서였습니다.

델프리더를 주막으로 보낸 다음 면장은 가난한 소녀를 불러 그의 안내인으로 딸려 보내면서 당부했습니다.

공금 : 나랏돈.

"주막집으로 가서 아침밥을 먹고 있는 사람이 식사를 끝내거든, 읍내로 가는 길을 가르쳐 주렴. 그는 형무소로 가는 중이란다."

그리하여 델프리더는 그 소녀와 함께 숲을 빠져나와 마지막 고개를 넘었습니다. 눈앞에 펼쳐진 평지에 도시의 고층 첨탑들이 늘어선 것이 보이자 그는 소녀에게 말했습니다.

"얘야, 이젠 돌아가도 돼. 아저씨는 인제 길을 다 안단다."

소녀를 되돌려 보낸 후, 델프리더는 시내에 들어가서 만난 소년에게 물었습니다.

"얘야, 형무소로 가려면 어느 길로 가야 하지?"

"네, 저 쪽 길로 쭉 가세요."

델프리더는 소년이 가르쳐 준 대로 형무소를 찾아가서, 형무소장 앞에 수비병의 호주머니에서 뒤

첨탑 : 뾰족한 탑.

져 낸 공문서를 내밀었습니다. 형무소장은 그 공문
서를 읽고 나서, 눈이 휘둥그레져서 델프리더를 쳐
다보았습니다.

"잘 알겠네. 그런데 그 죄수는 어디 있나?"

델프리더는 자기의 가슴을 가리키며 말했습니다.

"아, 그 죄수가 바로 저인데요."

그러자 형무소장이 이마를 찡그리면서 말했습니
다.

"농담하나? 그 죄수를 놓쳤지?"

델프리더는 태연히 대답했습니다.

"그럼 속이지 않고 말씀드리겠습니다. 제게 기마
병 한 명만 딸려 주신다면 당장 그 건달 녀석을
잡아 오겠습니다. 채 15분도 안 걸릴 겁니다."

그러자 형무소장은 핀잔을 주며 말했습니다.

"이거 바보 아냐? 기마병은 말을 타고 빨리 달리

겠지만, 한 사람이 걸어간대서야 무슨 소용이
있나? 자네도 말을 탈 줄 아나?"

"네, 6년 동안 뷔르템베르크의 기병대에 속해
있었습니다."

"좋다. 네게도 말을 내주도록 하겠다!"

형무소장은 급히 마을의 여러 책임자들에게 공문
을 보내, 죄수를 추적해야 하니 수색대를 만들어야
한다고 요청했습니다.

수색대와 델프리더는 함께 델프리더를 잡기 위해
달렸습니다. 가다가 갈림길에 이르게 되었습니다.
그 곳에서 델프리더는 수색대원들에게 말했습니다.

"양쪽으로 나뉘어 포위망을 좁혀 가는 게 좋겠습
니다. 여기서 나뉘어 찾다가 라인 강가의 포구에
서 다시 만나도록 합시다."

"좋소! 더 멀리 도망치기 전에 서두릅시다!"

추적 : (도망하는 사람의) 뒤를 쫓음.
포구 : 배가 드나드는 곳.

수색대원들의 모습이 보이지 않게 되자, 델프리
더는 다시 오른쪽으로 방향을 돌렸습니다. 그리고
국경선에 다다를 때까지 신나게 달려와서는, 마지
막 박차를 가하여 훌쩍 국경선을 넘어 도망쳐 버리
고 말았답니다.

박차를 가하다 : 구두 뒤꿈치로 말의 배를 차서
　　　　　　 더 빨리 달리게 하다.

괴물이라고?

숲 속 개울가에 작은 동물들이 살고 있습니다.

"아이, 시원해."

"물이 맑고 먹을 게 많으니 여기보다 더 살기 좋은 데는 없어."

이 동물들에게 여름은 아주 신나는 계절입니다.
6월이나 7월에 불쑥 이런 말이 들리지만 않는다면 말이지요.

"악! 괴물 알테다!"

"알테가 나타났다!"

그러면 평화로웠던 개울가는 그야말로 야단법석이 납니다. 눈 깜짝할 사이에 개울가는 쥐죽은 듯이 조용해지고, 동물들의 그림자도 찾아볼 수 없게 됩니다.

　　알테가 누구냐고요? 알테는 덩치가 어마어마하게 큰 뚱보 두꺼비입니다. 알테는 보통 때는 여기에서 살지 않습니다. 아마도 더 살기 좋은 다른 곳을 알고 있기 때문일 것입니다. 알테는 해마다 이 개울가에 와서 보름 정도씩 머무르다 다시 떠나곤 합니다. 해마다 찾아오는데도, 아무도 알테가 오거나 가는 모습을 보지 못한다니 정말 신기한 일입니다.

　　그런데 다 이유가 있답니다. 보통 다른 동물들은 움직일 때면 발자국 소리가 들리게 마련 아니에요? 코끼리 같으면 세상이 시끄러울 정도로 저벅저벅 울릴 테고요, 개구리라고 해도 펄쩍펄쩍

희미한 소리가 나거든요. 그런데 알테는 눈 깜짝할 사이에 '쉭!' 하면 그만입니다. '쉭' 나타나고 '쉭' 사라져 버리니, 아직까지 알테를 본 동물이 아무도 없는 것이지요.

알테는 개울가로 오면, 나뭇잎이 푹신하게 깔린 침대에 드러누워서 거의 움직이지 않았습니다. 근처에 살던 쥐는 나뭇잎 사이에서 알테의 부리부리한 눈이 빛나는 것을 보고는 너무나 놀라 기절할 뻔한 적도 있었답니다.

"나도 봤어. 한밤중에 알테가 소리 없이 개울가로 내려오더라니까! 그러더니 여기저기 우리가 잠자는 굴 속을 들여다보지 뭐야!"

고슴도치는 생각만 해도 무서운지 몸을 부르르 떨었습니다.

"나도 알테가 나무 위를 기어올라가는 걸 본 적

이 있어. 나는 심장이 얼어붙는 줄 알았어."

다람쥐가 불안한 표정으로 맞장구를 쳤습니다. 그러나 다른 많은 동물들은 아무도 그 말을 믿으려고 하지 않았습니다. 알테는 결코 숲 속의 어느 동물에게도 해를 끼치지 않았지만, 다른 동물들은 무턱대고 무서워하며 알테를 싫어했습니다.

동물들은 알테가 개울가에 머무는 동안, 자기의 집에서 꼼짝도 하지 않았습니다. 다른 친구들에게 놀러 가는 법도 없었고, 노래도 부르지 않았습니다. 식욕도 떨어져서 맛있는 것을 찾아다니지도 않았습니다. 마치 온 개울가가 겨울잠을 자고 있는 듯이 고요하기만 했습니다. 나뭇잎 떨어지는 소리에도 깜짝 놀랄 정도였으니까요. 정말 이상한 고요였지요. 그저 어디에선가 누군가로부터 '알테가 갔다!' 라는 소리가 들리기를 손꼽아 기다릴 뿐이었습

니다.

"대체 두꺼비 알테는 몇 살이야?"

그러자 숲 속에서 제일 늙은 동물이 이렇게 대꾸했습니다.

"많아, 많아! 알테는 내가 어렸을 때도 해마다 여름이면 이 곳에 왔어."

"아유, 무서워! 알테는 괴물인가 봐!"

숲 속의 동물들은 아기동물들에게 단단히 주의를 주어, 알테가 있는 언덕 위로는 절대 올라가지 못하게 했습니다.

그런데 올 여름에 도시에 사는 게셰라는 호기심 많은 어린 쥐가 할머니를 만나러 개울가로 놀러 왔습니다. 게셰는 도착하자마자 사방으로 둘러보러 다녔습니다. 그리고 두꺼비 알테가 누워 있는 언덕 위로 가는 데도 머뭇거리지 않았습니다. 게셰도 나

뭇잎 사이로 반짝이는 것을 보았을 때 처음에는 깜짝 놀랐습니다. 하지만 모험심이 강한 게셰는 배짱이 두둑했기 때문에, 다른 동물들처럼 기겁을 해서 도망치거나 하지 않았습니다. 게셰는 한동안 두꺼비의 큰 눈을 쳐다보았습니다.

'눈이 슬퍼 보여.'

게셰가 혼자서 중얼거렸습니다.

그런 뒤 게셰는 이런 생각을 했습니다.

'이렇게 착하고 슬픈 눈이 어느 동물의 눈이지? 개울 밑으로 내려가 할머니에게 물어 봐야겠는 걸.'

그 때 나뭇잎 사이에서 부드럽고 낮은 목소리가 들리는 게 아니에요?

"좀더 있다 가."

이 말은 들은 게셰가 물었습니다.

"너는 누구니?"

"나는 알테라고 해. 이 숲 속의 동물들은 나를 무서워해. 나는 밤에 물을 마시러 개울가로 자주 내려가. 아마 그것 때문에 날 무서워하나 봐."

"그렇다면 너는 번번이 너무 큰 소리를 내 다른 동물들을 무섭게 했구나?"

"그렇지 않아. 나는 다른 동물들이 깨지 않도록 아주 조용히 다니는걸."

"그럼, 왜 너는 낮에는 다른 동물들한테 내려가지 않니? 낮에 본다면 아무도 너를 무서워하지 않을 텐데……. 안 그래?"

"낮에는 내려갈 수 없어."

"왜?"

"내가 너무 못생겼기 때문이야."

게셰는 웃으며 고개를 흔들었습니다.

"에이, 그건 네 생각이지. 네 모습을 보여 줘! 넌 못생겼을 리가 없어."

두꺼비 알테는 그 말을 듣자 너무나 기뻤습니다. 기분이 좋아진 알테는 몸이 따뜻해지는 것을 느꼈습니다. 그러자 주름 잡힌 두꺼비의 피부가 팽팽해지면서 붉은빛이 도는 금색이 되었습니다.

"빨리! 네 모습이 보고 싶다니까!"

게세가 다시 재촉했습니다.

알테는 따뜻하게 된 피가 온몸을 돌아 피부가 매끄럽게 되고, 빨간 금색이 약한 불빛처럼 빛날 때까지 기다렸습니다. 그리고는 나뭇잎을 흔들면서 힘차게 걸어 나왔습니다.

"나… 어때? 괜찮아?"

알테가 수줍어하면서 물었습니다.

"아주 예쁜데, 뭘!"

"거짓말!"

"얼른 개울가로 내려가자. 물 속에 모습을 비춰 보면, 내가 거짓말하지 않았다는 걸 알 테니까 말야."

"너도 함께 가 줄 거지? 안 그러면 내가 불안해."

"물론이지. 이제 그만 내려가자."

"잠깐 기다려! 난 잠깐 있어야 햇빛에 익숙해지고 더 좋아져. 이해하겠니?"

"그래, 알아."

기다리는 동안 알테는 머리도 다듬고, 손톱도 깨끗이 다듬었습니다.

계셰가 알테에게 물었습니다.

"너는 해마다 어디에서 오니?"

"응, 이 숲 속에 오지 않을 때는 도시에서 산단다. 도시에는 멋진 동물들이 함께 사는 커다란 집도 있거든."

"그런데 왜 해마다 이 곳에 오니?"

두꺼비는 피부가 완전히 빨갛게 된 뒤 조용히 말했습니다.

"여기는 내 남편과의 아름다운 추억이 어려 있기 때문이야. 남편을 여기서 처음 만났거든. 남편은

오래 전에 죽었어. 그래도 여기 오면 나는 남편과 함께 지내던 날이 떠올라서 행복해진단다."

"아, 그랬구나!"

알테의 머리 손질이 조금 남았을 때, 게셰가 말했습니다.

"내가 먼저 내려가서 네가 온다는 걸 말할게."

게셰는 다른 동물들에게 두꺼비가 내려올 것이라는 이야기를 했습니다. 동물들은 그 소식에 둥그레진 눈으로 게셰를 쳐다보았습니다.

"뭐? 그럼 우린 어떡해?"

"얼른 도망가자!"

그러자 게셰가 깔깔 웃으며 말했습니다.

"여러분! 두꺼비 알테가 그렇게 무서워요? 그럴 필요가 없답니다. 알테 아주머니는 얼마나 예쁘고 착한데요."

"뭐, 예쁘다고?"

동물들이 놀라서 벌어진 입을 다물지 못한 채 게셰에게 물었습니다.

"네, 착하고 부끄러움 많은 아주머니라니까요. 곧 이리로 온다고 했으니까, 모두들 직접 확인하세요."

게셰의 말은 사실이었습니다. 개울가의 작은 동물들은 알테 아주머니의 순박한 눈을 만날 수 있었으니까요.

"어머, 정말 미안해요. 우리가 잘못 생각했었네요."

"아니에요. 못생긴 제 얼굴이 부끄러워서 숨어 지냈던 내 잘못이 커요."

알테는 이제 여름이면 다른 동물들과 어울려 함께 개울가에서 살게 되었습니다. 그 후로 해마다

여름이면 개울가의 동물들은 눈을 크게 뜨고 누군
가를 기다렸습니다.

"왜 아직도 안 오지?"

"올 때가 지났는데……."

"무슨 사고라도 난 게 아닐까?"

부리부리한 눈의 두꺼비 알테 아주머니는 인제
개울가 동물들에게 매우 인기 많은 손님이 되었답
니다.

재미있게 읽어 보았나요? 다음의 문제를 풀면서
논술의 기초를 튼튼하게 다져 보세요.

1 〈왕따가 짠 촘촘한 그물〉을 읽어 보았나요?
'두 발 달린 짐승'은 무엇을 뜻할까요?

① 다람쥐   ② 호랑이

③ 사람   ④ 지네

2 '두 발로 걸어다니는 약국'이란 어떤 사람을 가리킬까요?

① 걸어다니면서 약을 파는 사람

② 이리저리 옮겨 다니면서 약국을 짓는 사람

③ 아픈 데가 많아 약을 여러 가지 많이 먹는 사람

3 둘 중에서 알맞은 낱말에 ○하세요.

① 저 애는 얼굴에 (죽은깨 / 주근깨)가 많다.

② 흥부는 늘 (해어진 / 헤어진) 옷을 입고 다녔다.

③ 쌀가루를 (채 / 체)로 곱게 쳤다.

4 〈도루묵이 된 부부의 소원〉을 재미있게 읽었나요?
여러분이라면 어떤 소원 세 가지를 빌고 싶은가요?

5 손바닥 백과를 잘 읽고 다음의 물음에 답해 보세요.

① 독일의 수도는 어디인가요?   (   )

② 독일의 노이반슈타인 성은 어떤 새를 닮았나요?

(   )

③ 독일에서 가장 오랜 역사를 가진 대학은 어디일까요?

(   ) 대학

④ 베를린에 있는 카이저 빌헬름 교회는 왜 수리를 하지 않고
파괴된 그대로 두었을까요?

6 〈아빠를 화나게 하는 재주〉를 재미있게 읽었나요?
혹시 여러분은 부모님을 화나게 해 드린 적이 없나요?
있다면 어떤 일이었는지 솔직하게 써 보세요.

7 〈괴물이라고?〉를 재미있게 읽었나요?
다음은 각각 누구를 가리킬까요? 이름을 써 보세요.

★ 착하고 부끄러움을 잘 탄다.   (   )

★ 호기심이 많고 배짱이 두둑하다.   (   )